Candide

Première de couverture : © Coll. Jonas/Kharbine-Tapabor.
Deuxième de couverture : [h] © Lebrecht/Leemage ; [b] © Rue des Archives/CCI.
Troisième de couverture : © Selva/Leemage.
Page 142 : © Burstein Collection/CORBIS.

© Éditions Belin/Éditions Gallimard, 2011 pour l'introduction, les notes et le dossier pédagogique.

Le code de la propriété intellectuelle n'autorise que « les copies ou reproductions strictement réservées à l'usage privé du copiste et non destinées à une utilisation collective » [article L. 122-5] ; il autorise également les courtes citations effectuées dans un but d'exemple ou d'illustration. En revanche « toute représentation ou reproduction intégrale ou partielle, sans le consentement de l'auteur ou de ses ayants droit ou ayants cause, est illicite » [article L. 122-4].
La loi 95-4 du 3 janvier 1994 a confié au C.F.C. (Centre français de l'exploitation du droit de copie, 20, rue des Grands-Augustins, 75006 Paris), l'exclusivité de la gestion du droit de reprographie. Toute photocopie d'œuvres protégées, exécutée sans son accord préalable, constitue une contrefaçon sanctionnée par les articles 425 et suivants du Code pénal.

ISBN 978-2-7011-5970-6
ISSN 2104-9610

CLASSICOLYCÉE

Candide

VOLTAIRE

Dossier par Sharmila Marius-Beaumont
Agrégée de lettres classiques

Nouvelle édition conforme
au nouveau programme de lycée

BELIN ■ GALLIMARD

Sommaire

Pour entrer dans l'œuvre	6
Chapitre 1	11
Arrêt sur lecture 1	14
Chapitres 2 à 16	19
Arrêt sur lecture 2	64
Chapitres 17 à 28	69
Arrêt sur lecture 3	123
Chapitres 29 et 30	128
Arrêt sur lecture 4	135

Le tour de l'œuvre en 8 fiches

Fiche 1. Voltaire en 20 dates — 142
Fiche 2. L'œuvre dans son contexte — 143
Fiche 3. La structure de l'œuvre — 144
Fiche 4. Les grands thèmes de l'œuvre — 146
Fiche 5. Le conte philosophique — 148
Fiche 6. Les formes de l'argumentation — 150
Fiche 7. Le siècle des Lumières — 152
Fiche 8. Citations — 154

Groupements de textes

Groupement 1. La quête du bonheur au siècle des Lumières — 156
Groupement 2. Écrire, critiquer, dénoncer — 164
Questions sur les groupements de textes — 177

Vers l'écrit du Bac

Corpus. Dénoncer l'esclavage au XVIIIe siècle — 178
Questions sur le corpus et travaux d'écriture — 187

Fenêtres sur...

Des ouvrages à lire, un film et une adaptation
musicale à voir, des sites Internet à consulter — 188

Glossaire

190

Pour entrer dans l'œuvre

En février 1759, *Candide* est imprimé anonymement à Genève puis acheminé clandestinement à Paris et dans d'autres villes afin que la publication soit simultanée dans toute l'Europe. Le succès est énorme : plus de 20 000 exemplaires vendus à la fin de l'année 1759, ce qui est remarquable pour le XVIIIe siècle. Les lecteurs reconnaissent aisément à la lecture de *Candide* le style incisif de Voltaire qui nie pourtant la paternité de l'ouvrage afin d'éviter les foudres de la censure : « il faut avoir perdu le sens pour m'attribuer cette coïonnerie », écrit-il le 15 mars 1759. C'est pourtant bien Voltaire qui remanie, en 1761, quelques chapitres de *Candide*, notamment le chapitre 22 sur Paris.

L'écrivain des Lumières a déjà soixante-quatre ans lorsqu'il commence la rédaction de *Candide* en 1758. Il s'est auparavant illustré dans des genres littéraires aussi variés que le théâtre, la poésie, l'essai et le pamphlet. Mais c'est surtout à travers ses contes (*Zadig* en 1747, *Micromégas* en 1752) qu'il donne toute la mesure de son extraordinaire talent en renouvelant ce genre dit mineur. Son chef-d'œuvre, *Candide*, lui permet d'utiliser toutes les ressources de l'argumentation indirecte pour critiquer les injustices et les excès de son époque à travers une fiction courte

et plaisante. La richesse des sujets traités y est étonnante: théologie, philosophie, métaphysique, morale, politique, société, art... *Candide* est bien une œuvre des Lumières. L'efficacité du conte philosophique tient aux effets de la satire, de la parodie et de l'ironie: plutôt que de susciter l'émotion, Voltaire préfère provoquer le rire du lecteur pour dénoncer les travers de ses contemporains.

C'est ce rire de Voltaire qui dérange la sensibilité du XIXe siècle. Pour Mme de Staël, *Candide* «semble écrit par un être d'une autre nature que nous, indifférent à notre sort, content de nos souffrances et riant comme un démon, ou comme un singe, des misères de cette espèce humaine avec laquelle il n'a rien de commun» (*De l'Allemagne*, 1810), et Musset se demande si le «hideux sourire» de Voltaire «voltige encore sur [ses] os décharnés» (*Rolla*, 1833).

Aujourd'hui pourtant, l'humour de Voltaire n'a pas pris une ride et *Candide* est devenu un texte classique. D'une plume allègre et incisive, le philosophe des Lumières compose un magistral conte philosophique qui continue à aiguiser l'esprit critique de ses lecteurs.

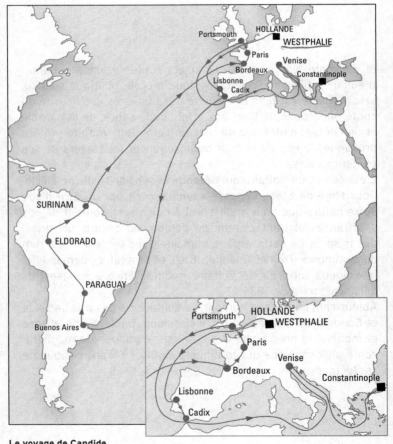

Le voyage de Candide.

Candide
ou l'Optimisme

*Traduit de l'allemand
de M. le docteur Ralph*[1]

Avec les additions qu'on a trouvées
dans la poche du docteur,
lorsqu'il mourut à Minden, l'an de grâce 1759

1. **Docteur Ralph** : personnage fictif, auteur supposé du conte.

Chapitre 1

Comment Candide fut élevé dans un beau château, et comment il fut chassé d'icelui[1]

Il y avait en Westphalie[2], dans le château de M. le baron de Thunder-ten-tronckh, un jeune garçon à qui la nature avait donné les mœurs les plus douces. Sa physionomie[3] annonçait son âme. Il avait le jugement assez droit, avec l'esprit le plus simple ; c'est, je crois, pour cette raison qu'on le nommait Candide. Les anciens domestiques de la maison soupçonnaient qu'il était fils de la sœur de monsieur le baron et d'un bon et honnête gentilhomme du voisinage, que cette demoiselle ne voulut jamais épouser parce qu'il n'avait pu prouver que soixante et onze quartiers[4], et que le reste de son arbre généalogique avait été perdu par l'injure du temps.

Monsieur le baron était un des plus puissants seigneurs de la Westphalie, car son château avait une porte et des fenêtres. Sa grande salle même était ornée d'une tapisserie. Tous les chiens de ses basses-cours composaient une meute dans le besoin[5] ; ses palefreniers étaient ses piqueurs[6] ; le vicaire du village était son grand aumônier[7]. Ils l'appelaient tous monseigneur, et ils riaient quand il faisait des contes.

1. **D'icelui** : de celui-ci (ancien français).
2. **Westphalie** : province d'Allemagne.
3. **Physionomie** : traits du visage.
4. **Quartiers** : quartiers de noblesse (ensemble des ascendants nobles d'un individu).
5. **Dans le besoin** : en cas de besoin.
6. **Palefreniers** : valets d'écurie ; **piqueurs** : valets de chasse.
7. **Vicaire** : adjoint du curé ; **aumônier** : ecclésiastique attaché à la cour d'un seigneur.

Madame la baronne, qui pesait environ trois cent cinquante livres[1], s'attirait par là une très grande considération, et faisait les honneurs de la maison avec une dignité qui la rendait encore plus respectable. Sa fille Cunégonde, âgée de dix-sept ans, était haute en couleur, fraîche, grasse, appétissante. Le fils du baron paraissait en tout digne de son père. Le précepteur Pangloss[2] était l'oracle de la maison, et le petit Candide écoutait ses leçons avec toute la bonne foi de son âge et de son caractère.

Pangloss enseignait la métaphysico-théologo-cosmolonigologie. Il prouvait admirablement qu'il n'y a point d'effet sans cause[3], et que, dans ce meilleur des mondes possibles, le château de monseigneur le baron était le plus beau des châteaux et madame la meilleure des baronnes possibles.

« Il est démontré, disait-il, que les choses ne peuvent être autrement : car, tout étant fait pour une fin, tout est nécessairement pour la meilleure fin. Remarquez bien que les nez ont été faits pour porter des lunettes, aussi avons-nous des lunettes. Les jambes sont visiblement instituées pour être chaussées, et nous avons des chausses. Les pierres ont été formées pour être taillées, et pour en faire des châteaux, aussi monseigneur a un très beau château ; le plus grand baron de la province doit être le mieux logé ; et, les cochons étant faits pour être mangés, nous mangeons du porc toute l'année : par conséquent, ceux qui ont avancé que tout est bien[4] ont dit une sottise ; il fallait dire que tout est au mieux. »

Candide écoutait attentivement, et croyait innocemment ; car il trouvait Mlle Cunégonde extrêmement belle, quoiqu'il ne prît jamais la hardiesse de le lui dire. Il concluait qu'après le bonheur d'être né

1. Trois cent cinquante livres : environ 175 kilogrammes (la livre est une ancienne unité de masse).
2. Pangloss : en grec, « tout discours » (*pan*, « tout » et *glôssa*, « langue »).
3. Point d'effet sans cause : tout ce qui arrive a une cause, rien ne se produit par hasard ; référence ironique de Voltaire à un principe énoncé par le philosophe allemand Gottfried Wilhelm Leibniz (1646-1716) dans les *Essais de théodicée* (1710).
4. Allusion à la formule de l'écrivain anglais Alexander Pope (1688-1744) dans son *Essai sur l'homme* (1734).

baron de Thunder-ten-tronckh, le second degré de bonheur était d'être Mlle Cunégonde ; le troisième, de la voir tous les jours ; et le quatrième, d'entendre maître Pangloss, le plus grand philosophe de la province, et par conséquent de toute la terre.

Un jour, Cunégonde, en se promenant auprès du château, dans le petit bois qu'on appelait *parc*, vit entre des broussailles le docteur Pangloss qui donnait une leçon de physique expérimentale à la femme de chambre de sa mère, petite brune très jolie et très docile. Comme Mlle Cunégonde avait beaucoup de dispositions pour les sciences, elle observa, sans souffler, les expériences réitérées[1] dont elle fut témoin ; elle vit clairement la raison suffisante[2] du docteur, les effets et les causes, et s'en retourna tout agitée, toute pensive, toute remplie du désir d'être savante, songeant qu'elle pourrait bien être la raison suffisante du jeune Candide, qui pouvait aussi être la sienne.

Elle rencontra Candide en revenant au château, et rougit ; Candide rougit aussi ; elle lui dit bonjour d'une voix entrecoupée, et Candide lui parla sans savoir ce qu'il disait. Le lendemain après le dîner, comme on sortait de table, Cunégonde et Candide se trouvèrent derrière un paravent ; Cunégonde laissa tomber son mouchoir, Candide le ramassa, elle lui prit innocemment la main, le jeune homme baisa innocemment la main de la jeune demoiselle avec une vivacité, une sensibilité, une grâce toute particulière ; leurs bouches se rencontrèrent, leurs yeux s'enflammèrent, leurs genoux tremblèrent, leurs mains s'égarèrent. M. le baron de Thunder-ten-tronckh passa auprès du paravent, et voyant cette cause et cet effet, chassa Candide du château à grands coups de pied dans le derrière ; Cunégonde s'évanouit ; elle fut souffletée par madame la baronne dès qu'elle fut revenue à elle-même ; et tout fut consterné[3] dans le plus beau et le plus agréable des châteaux possibles.

1. Réitérées : répétées.
2. Raison suffisante : nouvelle référence de Voltaire à Leibniz qui affirme que rien ne peut exister sans une cause déterminante.
3. Consterné : anéanti.

Arrêt sur lecture 1

Pour comprendre l'essentiel

L'ouverture d'un conte philosophique

❶ Les premières lignes de *Candide* ressemblent au début d'un conte de fées. En vous appuyant sur les indices spatio-temporels et l'emploi des temps, montrez comment Voltaire plonge son lecteur dans l'univers du conte.

❷ Cet univers de conte laisse toutefois entrevoir des dissonances. Étudiez comment le narrateur feint d'adopter le point de vue de Candide dans la description du château (superlatifs, adverbes, vocabulaire mélioratif) pour dénoncer les illusions de ce paradis factice.

❸ Dans le chapitre 1, Voltaire présente les personnages principaux de *Candide*. Montrez ce qui les rapproche, en apparence, des personnages de conte (portrait, rang social). Relevez les situations qui contribuent progressivement à dégrader l'univers du conte.

Les premiers malheurs de Candide

❹ Le double titre de ce conte est *Candide ou l'Optimisme*. En vous appuyant sur l'étymologie du nom « Candide », expliquez ce titre et montrez que l'ouverture de l'œuvre illustre le caractère d'un héros dont les malheurs contrastent avec le portrait.

Arrêt sur lecture 1

❺ L'équilibre de la situation initiale du conte est rompu au milieu du chapitre 1. Relevez la phrase qui annonce l'élément perturbateur et identifiez ses conséquences pour Candide.

❻ Les deux derniers paragraphes du chapitre 1 sont une parodie de la Genèse. Comparez la chute de Candide à celle d'Adam chassé du paradis, et expliquez pourquoi cette chute contredit les théories optimistes de Pangloss.

Une satire sociale et philosophique

❼ Les portraits des personnages de la baronnie relèvent de la caricature. En vous appuyant sur le lexique, analysez de quelle manière la caractérisation du baron, de la baronne et de leurs enfants dévalorise l'aristocratie.

❽ La philosophie optimiste de Pangloss est évoquée ironiquement p. 12. Relevez les procédés comiques employés pour décrire ce personnage (son nom, sa doctrine). En vous appuyant sur le type de phrase, la ponctuation et les connecteurs logiques, montrez en quoi les formules de Pangloss sont une parodie de discours philosophique.

Rappelez-vous !

• Dès le premier chapitre de *Candide*, Voltaire propose une sévère **critique de la société** du XVIII[e] siècle. Le système féodal de la baronnie est dénoncé et ridiculisé, et les aristocrates de Thunder-ten-tronckh sont caricaturés. À la fin du chapitre 1, Candide, ayant embrassé Cunégonde, est injustement chassé de ce paradis illusoire où l'ordre social ne peut être transgressé.

• L'**incipit** d'une œuvre donne des informations sur le genre du texte ainsi que sur le lieu, l'époque et les personnages de l'intrigue. Dans les premières lignes de *Candide*, Voltaire compose un **incipit parodique** : il reprend les procédés conventionnels du conte (héros éponyme, imprécision du lieu et de l'époque, schéma narratif) pour les détourner au service de sa démonstration. Voltaire imite le genre plaisant du conte sur le mode comique afin de proposer au lecteur un enseignement moral implicite. Il crée ainsi un nouveau genre littéraire : **le conte philosophique**.

Candide

Vers l'oral du Bac

Analyse du chapitre 1, l. 1-48, p. 11-13

☛ Montrer comment Voltaire parodie les codes de l'incipit du conte pour proposer une satire philosophique et sociale

Conseils pour la lecture à voix haute

– Cet extrait est facile à lire à l'exception de deux termes : « Thunder-ten-tronckh » et « métaphysico-théologo-cosmolonigologie ».
– Essayer de rendre compte à la fois du genre du conte (la formule initiale rappelle celle d'un conte pour enfants) et du ton ironique (dans le paragraphe 5, la thèse de Pangloss au style direct peut être lue sur un ton légèrement emphatique).

Analyse du texte

■ *Introduction rédigée*

Comme l'indique le titre du chapitre 1, l'ouverture de *Candide* raconte « comment Candide fut élevé dans un beau château, et comment il fut chassé d'icelui ». Les six paragraphes qui font l'objet de notre analyse plantent le décor, présentent les personnages ainsi que le thème philosophique du conte. À travers cet incipit, le lecteur retrouve certains ingrédients traditionnels des premières pages d'un conte de fées. Toutefois, Voltaire parodie ces codes littéraires. Il utilise le genre du conte comme une arme au service de son argumentation : d'une part à travers sa description ironique du château dans lequel vit Candide, et d'autre part dans sa présentation parodique de la philosophie de Pangloss. Nous verrons enfin par quels procédés l'art du conte philosophique peut à la fois séduire et convaincre le lecteur.

Arrêt sur lecture 1

■ *Analyse guidée*

I. Le château de Thunder-ten-tronckh : un paradis factice

a. La puissance du baron repose sur les apparences. Étudiez le décalage qui existe entre le vocabulaire mélioratif employé pour décrire la baronnie et la basse réalité qui est en fait évoquée.

b. Le château témoigne de la souveraineté du baron : il a une porte, des fenêtres, une grande salle et une tapisserie. En analysant la valeur des articles indéfinis du deuxième paragraphe, indiquez en quoi cette explication est comique.

c. Le château du baron est présenté comme « le plus beau des châteaux » (p. 12). Montrez en quoi le statut particulier de Candide au sein de cette baronnie prouve au contraire que le château de Thunder-ten-tronckh n'est pas un lieu idéal.

II. La doctrine de Pangloss : une parodie de discours philosophique

a. Pangloss enseigne « la métaphysico-théologo-cosmolonigologie » (p. 12). Expliquez pourquoi la composition de ce terme fait sourire, et montrez qu'à travers cette formule Voltaire dénonce toutes les formes de philosophies dogmatiques.

b. Pangloss énonce sa thèse philosophique au quatrième paragraphe : il n'y a point d'effet sans cause et nous vivons dans le meilleur des mondes possibles (parodie des *Essais de théodicée* de Leibniz). Analysez la construction des phrases et montrez en quoi Voltaire caricature la pensée de Leibniz.

c. Pangloss propose des exemples pour illustrer sa thèse au cinquième paragraphe. Étudiez la construction de ses raisonnements et expliquez en quoi ses exemples sont absurdes.

III. L'art du conte philosophique

a. Les premières lignes de *Candide* correspondent à la situation initiale du schéma narratif d'un conte. Relevez-en les caractéristiques.

b. Voltaire détourne les codes du conte pour les parodier. Expliquez pourquoi les noms des personnages font sourire le lecteur.

Candide

c. La description laudative du château et de ses habitants sonne parfois faux. Relevez les procédés (modalisateurs, hyperboles répétitives) qui montrent que l'auteur établit une connivence ironique avec son lecteur et expliquez en quoi cela sert sa critique sociale et philosophique.

■ *Conclusion rédigée*

Les six premiers paragraphes de *Candide* contiennent en germe l'essentiel des procédés et des enjeux développés dans ce conte philosophique. Voltaire détourne la forme traditionnelle de l'incipit du conte en parodiant les codes du genre et propose une satire philosophique et sociale.
En ridiculisant le pouvoir du baron, l'auteur essaie de faire comprendre que la puissance de la noblesse est illusoire et n'existe que dans les discours qui l'affirment et la justifient (ceux des courtisans, du baron lui-même et de Pangloss).

Les trois questions de l'examinateur

Question 1. Quelle est la fonction de ce passage dans l'œuvre ?

Question 2. En vous appuyant sur les œuvres que vous avez étudiées au cours de l'année, montrez en quoi cet extrait vous paraît représentatif de la philosophie des Lumières.

Question 3. « Tout étant fait pour une fin, tout est nécessairement pour la meilleure fin », dit Pangloss. Identifiez le philosophe qui est implicitement cité par Pangloss. Montrez comment Voltaire critique cette philosophie tant dans les premières pages du livre que dans l'ensemble du conte.

Chapitre 2

Ce que devint Candide parmi les Bulgares

Candide, chassé du paradis terrestre[1], marcha longtemps sans savoir où, pleurant, levant les yeux au ciel, les tournant souvent vers le plus beau des châteaux qui renfermait la plus belle des baronnettes[2]; il se coucha sans souper au milieu des champs entre deux sillons; la neige tombait à gros flocons. Candide, tout transi, se traîna le lendemain vers la ville voisine, qui s'appelle Valdberghoff-trarbk-dikdorff, n'ayant point d'argent, mourant de faim et de lassitude. Il s'arrêta tristement à la porte d'un cabaret. Deux hommes habillés de bleu[3] le remarquèrent : « Camarade, dit l'un, voilà un jeune homme très bien fait, et qui a la taille requise. » Ils s'avancèrent vers Candide et le prièrent à dîner très civilement. « Messieurs, leur dit Candide avec une modestie charmante, vous me faites beaucoup d'honneur, mais je n'ai pas de quoi payer mon écot[4]. – Ah! monsieur, lui dit un des bleus, les personnes de votre figure et de votre mérite ne payent jamais rien : n'avez-vous pas cinq pieds cinq pouces[5] de haut? – Oui, messieurs, c'est ma taille, dit-il en faisant la révérence. – Ah! monsieur, mettez-vous à table;

1. Paradis terrestre : dans la Bible, jardin d'Éden dont Adam et Ève furent chassés pour avoir commis le péché originel.
2. Baronnettes : petite baronne (mot inventé par Voltaire).
3. Couleur de l'uniforme des soldats prussiens. Ces deux personnages sont des recruteurs. Voltaire publie *Candide* lors de la guerre de Sept Ans (1756-1763).
4. Payer mon écot : payer ma part du repas.
5. Cinq pieds cinq pouces : environ 1,80 mètre (le pied et le pouce sont des anciennes mesures de longueur).

non seulement nous vous défrayerons[1], mais nous ne souffrirons jamais qu'un homme comme vous manque d'argent, les hommes ne sont faits que pour se secourir les uns les autres. – Vous avez raison, dit Candide : c'est ce que M. Pangloss m'a toujours dit, et je vois bien que tout est au mieux. » On le prie d'accepter quelques écus, il les prend et veut faire son billet[2] ; on n'en veut point, on se met à table : « N'aimez-vous pas tendrement ? – Oh ! oui, répondit-il, j'aime tendrement Mlle Cunégonde. – Non, dit l'un de ces messieurs, nous vous demandons si vous n'aimez pas tendrement le roi des Bulgares[3]. – Point du tout, dit-il, car je ne l'ai jamais vu. – Comment ! c'est le plus charmant des rois, et il faut boire à sa santé. – Oh ! très volontiers, messieurs » ; et il boit. « C'en est assez, lui dit-on, vous voilà l'appui, le soutien, le défenseur, le héros des Bulgares ; votre fortune est faite, et votre gloire est assurée. » On lui met sur-le-champ les fers aux pieds, et on le mène au régiment. On le fait tourner à droite, à gauche, hausser la baguette[4], remettre la baguette, coucher en joue, tirer, doubler le pas, et on lui donne trente coups de bâton ; le lendemain il fait l'exercice un peu moins mal, et il ne reçoit que vingt coups ; le surlendemain on ne lui en donne que dix, et il est regardé par ses camarades comme un prodige.

Candide, tout stupéfait, ne démêlait pas encore trop bien comment il était un héros. Il s'avisa un beau jour de printemps de s'aller promener, marchant tout droit devant lui, croyant que c'était un privilège de l'espèce humaine, comme de l'espèce animale, de se servir de ses jambes à son plaisir. Il n'eut pas fait deux lieues[5] que voilà quatre autres héros de six pieds[6] qui l'atteignent, qui le lient, qui le mènent dans un cachot. On lui demanda juridiquement

1. **Défrayerons** : payerons vos dépenses.
2. **Faire son billet** : signer une reconnaissance de dette.
3. **Roi des Bulgares** : le roi de Prusse, Frédéric II (1712-1786).
4. **Baguette** : tige de fer pour charger les fusils de poudre.
5. **Deux lieues** : environ 8 kilomètres (la lieue est une ancienne unité de distance).
6. **Six pieds** : environ 1,90 mètre.

ce qu'il aimait le mieux d'être fustigé[1] trente-six fois par tout le régiment, ou de recevoir à la fois douze balles de plomb dans la cervelle. Il eut beau dire que les volontés sont libres; et qu'il ne voulait ni l'un ni l'autre, il fallut faire un choix; il se détermina, en vertu du don de Dieu qu'on nomme *liberté*, à passer trente-six fois par les baguettes; il essuya deux promenades. Le régiment était composé de deux mille hommes; cela lui composa quatre mille coups de baguette, qui, depuis la nuque du cou jusqu'au cul, lui découvrirent les muscles et les nerfs. Comme on allait procéder à la troisième course, Candide, n'en pouvant plus, demanda en grâce qu'on voulût bien avoir la bonté de lui casser la tête; il obtint cette faveur; on lui bande les yeux, on le fait mettre à genoux. Le roi des Bulgares passe dans ce moment, s'informe du crime du patient[2]; et comme ce roi avait un grand génie, il comprit, par tout ce qu'il apprit de Candide, que c'était un jeune métaphysicien, fort ignorant des choses de ce monde, et il lui accorda sa grâce avec une clémence qui sera louée dans tous les journaux et dans tous les siècles. Un brave chirurgien guérit Candide en trois semaines avec les émollients[3] enseignés par Dioscoride[4]. Il avait déjà un peu de peau et pouvait marcher, quand le roi des Bulgares livra bataille au roi des Abares.

1. **Fustigé** : corrigé à coups de bâton.
2. **Patient** : condamné.
3. **Émollients** : pommades.
4. **Dioscoride** (Ier siècle apr. J.-C.) : médecin grec.

Chapitre 3

Comment Candide se sauva d'entre les Bulgares, et ce qu'il devint

Rien n'était si beau, si leste[1], si brillant, si bien ordonné que les deux armées. Les trompettes, les fifres, les hautbois, les tambours, les canons, formaient une harmonie telle qu'il n'y en eut jamais en enfer. Les canons renversèrent d'abord à peu près six mille hommes de chaque côté ; ensuite la mousqueterie[2] ôta du meilleur des mondes environ neuf à dix mille coquins qui en infectaient la surface. La baïonnette fut aussi la raison suffisante de la mort de quelques milliers d'hommes. Le tout pouvait bien se monter à une trentaine de mille âmes. Candide, qui tremblait comme un philosophe, se cacha du mieux qu'il put pendant cette boucherie héroïque.

Enfin, tandis que les deux rois faisaient chanter des *Te Deum*[3] chacun dans son camp, il prit le parti d'aller raisonner ailleurs des effets et des causes. Il passa par-dessus des tas de morts et de mourants, et gagna d'abord un village voisin ; il était en cendres : c'était un village abare que les Bulgares avaient brûlé, selon les lois du droit public[4]. Ici des vieillards criblés de coups regardaient mourir leurs femmes égorgées, qui tenaient leurs enfants à leurs mamelles sanglantes ; là des filles éventrées après avoir assouvi les besoins naturels de quelques héros rendaient les derniers soupirs ; d'autres, à demi brûlées, criaient qu'on achevât de leur donner la mort. Des cervelles étaient répandues sur la terre à côté de bras et de jambes coupés.

1. **Leste** : élégant.
2. **Mousqueterie** : décharge de fusils.
3. *Te Deum* : cantique religieux chanté pour remercier Dieu d'une victoire.
4. **Droit public** : droit régissant les relations entre les États.

Chapitre 3

Candide s'enfuit au plus vite dans un autre village : il appartenait à des Bulgares, et des héros abares l'avaient traité de même. Candide, toujours marchant sur des membres palpitants ou à travers des ruines, arriva enfin hors du théâtre de la guerre, portant quelques petites provisions dans son bissac[1], et n'oubliant jamais Mlle Cunégonde. Ses provisions lui manquèrent quand il fut en Hollande ; mais ayant entendu dire que tout le monde était riche dans ce pays-là, et qu'on y était chrétien, il ne douta pas qu'on ne le traitât aussi bien qu'il l'avait été dans le château de monsieur le baron avant qu'il en eût été chassé pour les beaux yeux de Mlle Cunégonde.

Il demanda l'aumône à plusieurs graves[2] personnages, qui lui répondirent tous que, s'il continuait à faire ce métier, on l'enfermerait dans une maison de correction pour lui apprendre à vivre.

Il s'adressa ensuite à un homme qui venait de parler tout seul une heure de suite sur la charité dans une grande assemblée. Cet orateur, le regardant de travers, lui dit : « Que venez-vous faire ici ? y êtes-vous pour la bonne cause ? – Il n'y a point d'effet sans cause, répondit modestement Candide, tout est enchaîné nécessairement et arrangé pour le mieux. Il a fallu que je fusse chassé d'auprès de Mlle Cunégonde, que j'aie passé par les baguettes, et il faut que je demande mon pain jusqu'à ce que je puisse en gagner ; tout cela ne pouvait être autrement. – Mon ami, lui dit l'orateur, croyez-vous que le pape soit l'Antéchrist[3] ? – Je ne l'avais pas encore entendu dire, répondit Candide ; mais qu'il le soit ou qu'il ne le soit pas, je manque de pain. – Tu ne mérites pas d'en manger, dit l'autre ; va, coquin, va, misérable, ne m'approche de ta vie. » La femme de l'orateur, ayant mis la tête à la fenêtre et avisant un homme qui doutait que le pape fût antéchrist, lui répandit sur le chef[4] un plein… Ô ciel ! à quel excès se porte le zèle de la religion dans les dames !

1. **Bissac** : sac.
2. **Graves** : importants, respectables.
3. **L'Antéchrist** : le diable.
4. **Sur le chef** : sur la tête.

Un homme qui n'avait point été baptisé, un bon anabaptiste[1], nommé Jacques, vit la manière cruelle et ignominieuse[2] dont on traitait ainsi un de ses frères, un être à deux pieds sans plumes, qui avait une âme ; il l'amena chez lui, le nettoya, lui donna du pain et de la bière, lui fit présent de deux florins[3], et voulut même lui apprendre à travailler dans ses manufactures aux étoffes de Perse qu'on fabrique en Hollande. Candide, se prosternant presque devant lui, s'écriait : « Maître Pangloss me l'avait bien dit que tout est au mieux dans ce monde, car je suis infiniment plus touché de votre extrême générosité que de la dureté de ce monsieur à manteau noir et de madame son épouse. »

Le lendemain, en se promenant, il rencontra un gueux tout couvert de pustules[4], les yeux morts, le bout du nez rongé, la bouche de travers, les dents noires, et parlant de la gorge, tourmenté d'une toux violente et crachant une dent à chaque effort.

Chapitre 4

Comment Candide rencontra son ancien maître de philosophie, le docteur Pangloss, et ce qui en advint

Candide, plus ému encore de compassion que d'horreur, donna à cet épouvantable gueux les deux florins qu'il avait reçus de son honnête anabaptiste Jacques. Le fantôme le regarda fixement, versa

1. Anabaptiste : membre d'une église protestante qui n'administre le baptême qu'aux adultes.
2. Ignominieuse : honteuse.
3. Florins : monnaie hollandaise.
4. Mendiant couvert de boutons, atteint sans doute de la vérole (maladie sexuellement transmissible).

des larmes, et sauta à son cou. Candide, effrayé, recule. « Hélas ! dit le misérable à l'autre misérable, ne reconnaissez-vous plus votre cher Pangloss ? – Qu'entends-je ? Vous, mon cher maître ! vous, dans cet état horrible ! Quel malheur vous est-il donc arrivé ? Pourquoi n'êtes-vous plus dans le plus beau des châteaux ? Qu'est devenue Mlle Cunégonde, la perle des filles, le chef-d'œuvre de la nature ? – Je n'en peux plus », dit Pangloss. Aussitôt Candide le mena dans l'étable de l'anabaptiste, où il lui fit manger un peu de pain ; et quand Pangloss fut refait : « Eh bien ! lui dit-il, Cunégonde ? – Elle est morte », reprit l'autre. Candide s'évanouit à ce mot ; son ami rappela ses sens avec un peu de mauvais vinaigre qui se trouva par hasard dans l'étable. Candide rouvre les yeux. « Cunégonde est morte ! Ah ! meilleur des mondes, où êtes-vous ? Mais de quelle maladie est-elle morte ? ne serait-ce point de m'avoir vu chasser du beau château de monsieur son père à grands coups de pied ? – Non, dit Pangloss ; elle a été éventrée par des soldats bulgares, après avoir été violée autant qu'on peut l'être ; ils ont cassé la tête à monsieur le baron qui voulait la défendre ; madame la baronne a été coupée en morceaux ; mon pauvre pupille[1], traité précisément comme sa sœur ; et quant au château, il n'est pas resté pierre sur pierre, pas une grange, pas un mouton, pas un canard, pas un arbre ; mais nous avons été bien vengés, car les Abares en ont fait autant dans une baronnie voisine qui appartenait à un seigneur bulgare. »

À ce discours, Candide s'évanouit encore ; mais revenu à soi, et ayant dit tout ce qu'il devait dire, il s'enquit de la cause et de l'effet, et de la raison suffisante qui avait mis Pangloss dans un si piteux état. « Hélas ! dit l'autre, c'est l'amour ; l'amour, le consolateur du genre humain, le conservateur de l'univers, l'âme de tous les êtres sensibles, le tendre amour. – Hélas ! dit Candide, je l'ai connu, cet amour, ce souverain des cœurs, cette âme de notre âme ; il ne m'a jamais valu qu'un baiser et vingt coups de pied au cul. Comment cette belle cause a-t-elle pu produire en vous un effet si abominable ? »

1. **Pupille** : élève (il s'agit du frère de Cunégonde).

Pangloss répondit en ces termes : « Ô mon cher Candide ! vous avez connu Paquette, cette jolie suivante de notre auguste baronne ; j'ai goûté dans ses bras les délices du paradis, qui ont produit ces tourments d'enfer dont vous me voyez dévoré ; elle en était infectée, elle en est peut-être morte. Paquette tenait ce présent d'un cordelier[1] très savant, qui avait remonté à la source ; car il l'avait eue d'une vieille comtesse, qui l'avait reçue d'un capitaine de cavalerie, qui la devait à une marquise, qui la tenait d'un page, qui l'avait reçue d'un jésuite[2], qui, étant novice[3], l'avait eue en droite ligne d'un des compagnons de Christophe Colomb. Pour moi, je ne la donnerai à personne, car je me meurs.

– Ô Pangloss ! s'écria Candide, voilà une étrange généalogie ! n'est-ce pas le diable qui en fut la souche ? – Point du tout, répliqua ce grand homme ; c'était une chose indispensable dans le meilleur des mondes, un ingrédient nécessaire ; car si Colomb n'avait pas attrapé, dans une île de l'Amérique, cette maladie qui empoisonne la source de la génération[4], qui souvent même empêche la génération, et qui est évidemment l'opposé du grand but de la nature, nous n'aurions ni le chocolat ni la cochenille[5] ; il faut encore observer que jusqu'aujourd'hui, dans notre continent, cette maladie nous est particulière, comme la controverse[6]. Les Turcs, les Indiens, les Persans, les Chinois, les Siamois[7], les Japonais, ne la connaissent pas encore ; mais il y a une raison suffisante pour qu'ils la connaissent à leur tour dans quelques siècles. En attendant, elle a fait un merveilleux progrès parmi nous, et surtout dans ces grandes armées

1. Cordelier : moine appartenant à l'ordre religieux fondé par saint François d'Assise.
2. Jésuite : membre de la Compagnie de Jésus (congrégation catholique fondée par Ignace de Loyola en 1540).
3. Novice : qui a pris l'habit d'un ordre religieux mais n'a pas encore prononcé des vœux définitifs.
4. Source de la génération : organes de la reproduction.
5. Le chocolat (cacao) provenait d'Amérique du Sud ; la cochenille est un insecte découvert au Mexique.
6. Controverse : débats théologiques.
7. Siamois : habitants du Siam (actuelle Thaïlande).

composées d'honnêtes stipendiaires[1], bien élevés, qui décident du destin des États ; on peut assurer que, quand trente mille hommes combattent en bataille rangée contre des troupes égales en nombre, il y a environ vingt mille vérolés[2] de chaque côté.

— Voilà qui est admirable, dit Candide, mais il faut vous faire guérir. — Et comment le puis-je ? dit Pangloss ; je n'ai pas le sou, mon ami ; et dans toute l'étendue de ce globe, on ne peut ni se faire saigner ni prendre un lavement sans payer, ou sans qu'il y ait quelqu'un qui paye pour nous. »

Ce dernier discours détermina Candide ; il alla se jeter aux pieds de son charitable anabaptiste Jacques, et lui fit une peinture si touchante de l'état où son ami était réduit que le bonhomme[3] n'hésita pas à recueillir le docteur Pangloss ; il le fit guérir à ses dépens. Pangloss, dans la cure[4], ne perdit qu'un œil et une oreille. Il écrivait bien et savait parfaitement l'arithmétique. L'anabaptiste Jacques en fit son teneur de livres[5]. Au bout de deux mois, étant obligé d'aller à Lisbonne pour les affaires de son commerce, il mena dans son vaisseau ses deux philosophes. Pangloss lui expliqua comment tout était on ne peut mieux. Jacques n'était pas de cet avis. « Il faut bien, disait-il, que les hommes aient un peu corrompu la nature, car ils ne sont point nés loups, et ils sont devenus loups[6]. Dieu ne leur a donné ni canon de vingt-quatre[7] ni baïonnettes, et ils se sont fait des baïonnettes et des canons pour se détruire. Je pourrais mettre en ligne de compte les banqueroutes[8], et la justice qui s'empare des biens des banqueroutiers pour en frustrer les créanciers[9]. — Tout

1. Stipendiaires : mercenaires.
2. Vérolés : atteints de la vérole (maladie sexuellement transmissible).
3. Bonhomme : homme plein de bonté.
4. Dans la cure : au cours du traitement médical.
5. Teneur de livres : comptable.
6. Ils sont devenus loups : allusion à la formule du dramaturge latin Plaute (254-184 av. J.-C), *Homo homini lupus*, « l'homme est un loup pour l'homme », reprise par le philosophe anglais Thomas Hobbes (1588-1679) dans le *Léviathan*.
7. Canon de vingt-quatre : canon tirant des boulets de 24 livres.
8. Banqueroutes : faillites.
9. Créanciers : personnes qui accordent des crédits, des prêts.

cela était indispensable, répliquait le docteur borgne, et les malheurs particuliers font le bien général, de sorte que plus il y a de malheurs particuliers, et plus tout est bien. » Tandis qu'il raisonnait, l'air s'obscurcit, les vents soufflèrent des quatre coins du monde et le vaisseau fut assailli de la plus horrible tempête à la vue du port de Lisbonne.

Chapitre 5
Tempête, naufrage, tremblement de terre, et ce qui advint du docteur Pangloss, de Candide et de l'anabaptiste Jacques

La moitié des passagers, affaiblis, expirants de ces angoisses inconcevables que le roulis d'un vaisseau porte dans les nerfs et dans toutes les humeurs[1] du corps agitées en sens contraire, n'avait pas même la force de s'inquiéter du danger. L'autre moitié jetait des cris et faisait des prières ; les voiles étaient déchirées, les mâts brisés, le vaisseau entrouvert. Travaillait qui pouvait, personne ne s'entendait, personne ne commandait. L'anabaptiste aidait un peu à la manœuvre ; il était sur le tillac[2] ; un matelot furieux le frappe rudement et l'étend sur les planches ; mais du coup qu'il lui donna il eut lui-même une si violente secousse qu'il tomba hors du vaisseau la tête la première. Il restait suspendu et accroché à une partie de mât rompue. Le bon Jacques court à son secours, l'aide à remonter, et de l'effort qu'il fit il est précipité dans la mer à la vue du matelot, qui le laissa périr, sans daigner seulement le regarder.

1. Humeurs : liquides contenus dans le corps humain et dont, selon la médecine de l'époque, les différents équilibres sont la cause des tempéraments.
2. Tillac : pont supérieur d'un bateau.

Chapitre 5

Candide approche, voit son bienfaiteur qui reparaît un moment et qui est englouti pour jamais. Il veut se jeter après lui dans la mer ; le philosophe Pangloss l'en empêche, en lui prouvant que la rade de Lisbonne avait été formée exprès pour que cet anabaptiste s'y noyât. Tandis qu'il le prouvait *a priori,* le vaisseau s'entrouvre, tout périt à la réserve de[1] Pangloss, de Candide, et de ce brutal de matelot qui avait noyé le vertueux anabaptiste ; le coquin nagea heureusement jusqu'au rivage, où Pangloss et Candide furent portés sur une planche.

Quand ils furent revenus un peu à eux, ils marchèrent vers Lisbonne ; il leur restait quelque argent, avec lequel ils espéraient se sauver de la faim après avoir échappé à la tempête.

À peine ont-ils mis le pied dans la ville en pleurant la mort de leur bienfaiteur, qu'ils sentent la terre trembler sous leurs pas[2] ; la mer s'élève en bouillonnant dans le port, et brise les vaisseaux qui sont à l'ancre. Des tourbillons de flammes et de cendres couvrent les rues et les places publiques ; les maisons s'écroulent, les toits sont renversés sur les fondements, et les fondements se dispersent ; trente mille habitants de tout âge et de tout sexe sont écrasés sous des ruines. Le matelot disait en sifflant et en jurant : « Il y aura quelque chose à gagner ici. – Quelle peut être la raison suffisante de ce phénomène ? disait Pangloss. – Voici le dernier jour du monde ! » s'écriait Candide. Le matelot court incontinent[3] au milieu des débris, affronte la mort pour trouver de l'argent, en trouve, s'en empare, s'enivre, et, ayant cuvé son vin, achète les faveurs de la première fille de bonne volonté qu'il rencontre sur les ruines des maisons détruites et au milieu des mourants et des morts. Pangloss le tirait cependant par la manche. « Mon ami, lui disait-il, cela n'est pas bien, vous manquez à la raison universelle[4], vous prenez mal votre temps.

1. À la réserve de : à l'exception de.
2. Allusion au tremblement de terre de Lisbonne qui se produisit le 1ᵉʳ novembre 1755 et qui fut une catastrophe très meurtrière.
3. Incontinent : immédiatement, aussitôt.
4. Vous manquez à la raison universelle : vous êtes fou.

Candide

– Tête et sang ! répondit l'autre, je suis matelot et né à Batavia[1] ; j'ai marché quatre fois sur le crucifix[2] dans quatre voyages au Japon ; tu as bien trouvé ton homme avec ta raison universelle ! »

Quelques éclats de pierre avaient blessé Candide ; il était étendu dans la rue et couvert de débris. Il disait à Pangloss : « Hélas ! procure-moi un peu de vin et d'huile ; je me meurs. – Ce tremblement de terre n'est pas une chose nouvelle, répondit Pangloss ; la ville de Lima éprouva les mêmes secousses en Amérique l'année passée ; mêmes causes, mêmes effets : il y a certainement une traînée de soufre sous terre depuis Lima jusqu'à Lisbonne. – Rien n'est plus probable, dit Candide ; mais, pour Dieu, un peu d'huile et de vin. – Comment, probable ? répliqua le philosophe ; je soutiens que la chose est démontrée. » Candide perdit connaissance, et Pangloss lui apporta un peu d'eau d'une fontaine voisine.

Le lendemain, ayant trouvé quelques provisions de bouche en se glissant à travers des décombres, ils réparèrent un peu leurs forces. Ensuite, ils travaillèrent comme les autres à soulager les habitants échappés à la mort. Quelques citoyens secourus par eux leur donnèrent un aussi bon dîner qu'on le pouvait dans un tel désastre. Il est vrai que le repas était triste ; les convives arrosaient leur pain de leurs larmes ; mais Pangloss les consola en les assurant que les choses ne pouvaient être autrement : « Car, dit-il, tout ceci est ce qu'il y a de mieux. Car, s'il y a un volcan à Lisbonne, il ne pouvait être ailleurs. Car il est impossible que les choses ne soient pas où elles sont. Car tout est bien. »

Un petit homme noir[3], familier de l'Inquisition[4], lequel était à côté de lui, prit poliment la parole et dit : « Apparemment que

1. Batavia : Djakarta, capitale de Java, colonie hollandaise au XVIII^e siècle.
2. Les Japonais demandaient aux marchands occidentaux qui souhaitaient faire du commerce avec eux de renoncer à la religion chrétienne en foulant un crucifix.
3. Noir : habillé de noir.
4. Familier de l'Inquisition : officier ecclésiastique chargé de chercher, d'arrêter, de juger et de condamner (parfois à mort) devant un tribunal, les individus suspectés de sorcellerie, d'hérésie, ainsi que les juifs et les musulmans. L'Inquisition a été instituée en 1231 par le pape Grégoire IX, et abolie au Portugal en 1820.

monsieur ne croit pas au péché originel ; car, si tout est au mieux, il n'y a donc eu ni chute ni punition.

— Je demande très humblement pardon à Votre Excellence, répondit Pangloss encore plus poliment, car la chute de l'homme et la malédiction entraient nécessairement dans le meilleur des mondes possibles. — Monsieur ne croit donc pas à la liberté ? dit le familier. — Votre Excellence m'excusera, dit Pangloss ; la liberté peut subsister avec la nécessité absolue ; car il était nécessaire que nous fussions libres ; car enfin la volonté déterminée... » Pangloss était au milieu de sa phrase, quand le familier fit un signe de tête à son estafier[1] qui lui servait à boire du vin de Porto, ou d'Oporto.

Chapitre 6

Comment on fit un bel auto-da-fé[2] pour empêcher les tremblements de terre, et comment Candide fut fessé

Après le tremblement de terre qui avait détruit les trois quarts de Lisbonne, les sages du pays n'avaient pas trouvé un moyen plus efficace pour prévenir une ruine totale que de donner au peuple un bel auto-da-fé ; il était décidé par l'université de Coïmbre[3] que le spectacle de quelques personnes brûlées à petit feu, en grande cérémonie, est un secret infaillible pour empêcher la terre de trembler.

1. **Estafier** : domestique armé.
2. **Auto-da-fé** : cérémonie où étaient lues et exécutées les sentences du tribunal de l'Inquisition. Le plus souvent, les coupables étaient condamnés au bûcher.
3. **Coïmbre** : ville du nord du Portugal.

Candide

On avait en conséquence saisi un Biscayen convaincu[1] d'avoir épousé sa commère[2], et deux Portugais qui en mangeant un poulet en avaient arraché le lard[3] : on vint lier après le dîner le docteur Pangloss et son disciple Candide, l'un pour avoir parlé, et l'autre pour avoir écouté avec un air d'approbation : tous deux furent menés séparément dans des appartements d'une extrême fraîcheur, dans lesquels on n'était jamais incommodé du soleil ; huit jours après ils furent tous deux revêtus d'un san-benito[4], et on orna leurs têtes de mitres[5] de papier : la mitre et le san-benito de Candide étaient peints de flammes renversées et de diables qui n'avaient ni queues ni griffes ; mais les diables de Pangloss portaient griffes et queues, et les flammes étaient droites[6]. Ils marchèrent en procession ainsi vêtus, et entendirent un sermon très pathétique, suivi d'une belle musique en faux-bourdon[7]. Candide fut fessé en cadence, pendant qu'on chantait ; le Biscayen et les deux hommes qui n'avaient point voulu manger de lard furent brûlés, et Pangloss fut pendu, quoique ce ne soit pas la coutume. Le même jour la terre trembla de nouveau avec un fracas épouvantable.

Candide, épouvanté, interdit[8], éperdu, tout sanglant, tout palpitant, se disait à lui-même. « Si c'est ici le meilleur des mondes possibles, que sont donc les autres ? Passe encore si je n'étais que fessé, je l'ai été chez les Bulgares. Mais, ô mon cher Pangloss ! le plus grand des philosophes, faut-il vous avoir vu pendre sans que je sache pourquoi ! Ô mon cher anabaptiste, le meilleur des hommes,

1. **Convaincu** : accusé.
2. **Commère** : marraine d'un enfant dont le Biscayen est lui-même parrain. Il leur aurait fallu une dispense de l'Église pour pouvoir se marier ensemble.
3. **Arraché le lard** : signe d'appartenance à la religion juive qui interdit la consommation du porc.
4. **San-benito** : tunique à longues manches portée par les victimes de l'Inquisition lors des cérémonies expiatoires.
5. **Mitres** : coiffures triangulaires pointues (portées par les évêques).
6. Pangloss est condamné au bûcher en raison de la gravité de sa faute (flammes droites), tandis que Candide ne subira qu'une peine réduite (flammes renversées).
7. **Faux-bourdon** : accords à l'orgue accompagnant le chant religieux.
8. **Interdit** : stupéfait.

faut-il que vous ayez été noyé dans le port! Ô Mlle Cunégonde! la perle des filles, faut-il qu'on vous ait fendu le ventre!»

Il s'en retournait, se soutenant à peine, prêché, fessé, absous[1] et béni, lorsqu'une vieille l'aborda et lui dit :

«Mon fils, prenez courage, suivez-moi.»

Chapitre 7
Comment une vieille prit soin de Candide, et comment il retrouva ce qu'il aimait

Candide ne prit point courage, mais il suivit la vieille dans une masure[2]; elle lui donna un pot de pommade pour se frotter, lui laissa à manger et à boire; elle lui montra un petit lit assez propre; il y avait auprès du lit un habit complet. «Mangez, buvez, dormez, lui dit-elle, et que Notre-Dame d'Atocha, Mgr saint Antoine de Padoue et Mgr saint Jacques de Compostelle prennent soin de vous : je reviendrai demain.» Candide, toujours étonné de tout ce qu'il avait vu, de tout ce qu'il avait souffert, et encore plus de la charité de la vieille, voulut lui baiser la main. «Ce n'est pas ma main qu'il faut baiser, dit la vieille; je reviendrai demain. Frottez-vous de pommade, mangez et dormez.»

Candide, malgré tant de malheurs, mangea et dormit. Le lendemain la vieille lui apporte à déjeuner, visite son dos, le frotte elle-même d'une autre pommade; elle lui apporte ensuite à dîner; elle revient sur le soir, et apporte à souper. Le surlendemain elle fit encore les mêmes cérémonies. «Qui êtes-vous? lui disait toujours Candide; qui vous a inspiré tant de bonté? quelles grâces puis-je

1. **Absous** : pardonné.
2. **Masure** : petite maison misérable.

vous rendre¹ ? » La bonne femme ne répondait jamais rien ; elle revint sur le soir et n'apporta point à souper. « Venez avec moi, dit-elle, et ne dites mot. » Elle le prend sous le bras, et marche avec lui dans la campagne environ un quart de mille² : ils arrivent à une maison isolée, entourée de jardins et de canaux. La vieille frappe à une petite porte. On ouvre ; elle mène Candide, par un escalier dérobé, dans un cabinet doré, le laisse sur un canapé de brocart³, referme la porte, et s'en va. Candide croyait rêver, et regardait toute sa vie comme un songe funeste⁴, et le moment présent comme un songe agréable.

La vieille reparut bientôt ; elle soutenait avec peine une femme tremblante, d'une taille majestueuse, brillante de pierreries et couverte d'un voile. « Ôtez ce voile », dit la vieille à Candide. Le jeune homme approche ; il lève le voile d'une main timide. Quel moment ! quelle surprise ! il croit voir Mlle Cunégonde ; il la voyait en effet, c'était elle-même. La force lui manque, il ne peut proférer une parole, il tombe à ses pieds. Cunégonde tombe sur le canapé. La vieille les accable d'eaux spiritueuses⁵ ; ils reprennent leurs sens, ils se parlent : ce sont d'abord des mots entrecoupés, des demandes et des réponses qui se croisent, des soupirs, des larmes, des cris. La vieille leur recommande de faire moins de bruit, et les laisse en liberté. « Quoi ! c'est vous, lui dit Candide, vous vivez ! Je vous retrouve en Portugal ! On ne vous a donc pas violée ? On ne vous a point fendu le ventre, comme le philosophe Pangloss me l'avait assuré ? – Si fait, dit la belle Cunégonde ; mais on ne meurt pas toujours de ces deux accidents. – Mais votre père et votre mère ont-ils été tués ? – Il n'est que trop vrai, dit Cunégonde en pleurant. – Et votre frère ? – Mon frère a été tué aussi. – Et pourquoi

1. Quelles grâces puis-je vous rendre ? : comment puis-je vous remercier ?
2. Un quart de mille : 400 mètres.
3. Brocart : riche tissu de soie brodée d'or ou d'argent.
4. Funeste : fatal, qui apporte le malheur.
5. Les accable d'eaux spiritueuses : leur verse en abondance des liqueurs pour leur faire reprendre conscience.

êtes-vous en Portugal ? et comment avez-vous su que j'y étais ? et par quelle étrange aventure[1] m'avez-vous fait conduire dans cette maison ? – Je vous dirai tout cela, répliqua la dame ; mais il faut auparavant que vous m'appreniez tout ce qui vous est arrivé depuis le baiser innocent que vous me donnâtes et les coups de pied que vous reçûtes. »

Candide lui obéit avec un profond respect ; et quoiqu'il fût interdit, quoique sa voix fût faible et tremblante, quoique l'échine[2] lui fît encore un peu mal, il lui raconta de la manière la plus naïve tout ce qu'il avait éprouvé depuis le moment de leur séparation. Cunégonde levait les yeux au ciel ; elle donna des larmes à la mort du bon anabaptiste et de Pangloss ; après quoi elle parla en ces termes à Candide, qui ne perdait pas une parole, et qui la dévorait des yeux.

Chapitre 8
Histoire de Cunégonde

« J'étais dans mon lit et je dormais profondément, quand il plut au ciel d'envoyer les Bulgares dans notre beau château de Thunder-ten-tronckh ; ils égorgèrent mon père et mon frère, et coupèrent ma mère par morceaux. Un grand Bulgare, haut de six pieds[3], voyant qu'à ce spectacle j'avais perdu connaissance, se mit à me violer ; cela me fit revenir, je repris mes sens, je criai, je me débattis, je mordis, j'égratignai, je voulais arracher les yeux à ce grand Bulgare, ne sachant pas que tout ce qui arrivait dans le château de mon père était

1. **Aventure** : hasard.
2. **Échine** : dos.
3. **Six pieds** : 1,95 mètre.

une chose d'usage : le brutal me donna un coup de couteau dans le flanc[1] gauche dont je porte encore la marque. – Hélas ! j'espère bien la voir, dit le naïf Candide. – Vous la verrez, dit Cunégonde ; mais continuons. – Continuez », dit Candide.

Elle reprit ainsi le fil de son histoire : « Un capitaine bulgare entra, il me vit toute sanglante, et le soldat ne se dérangeait pas. Le capitaine se mit en colère du peu de respect que lui témoignait ce brutal, et le tua sur mon corps. Ensuite il me fit panser, et m'emmena prisonnière de guerre dans son quartier[2]. Je blanchissais le peu de chemises qu'il avait, je faisais sa cuisine ; il me trouvait fort jolie, il faut l'avouer ; et je ne nierai pas qu'il ne fût très bien fait, et qu'il n'eût la peau blanche et douce ; d'ailleurs peu d'esprit, peu de philosophie : on voyait bien qu'il n'avait pas été élevé par le docteur Pangloss. Au bout de trois mois, ayant perdu tout son argent et s'étant dégoûté de moi, il me vendit à un Juif nommé don Issacar, qui trafiquait en Hollande et en Portugal, et qui aimait passionnément les femmes. Ce Juif s'attacha beaucoup à ma personne, mais il ne pouvait en triompher ; je lui ai mieux résisté qu'au soldat bulgare. Une personne d'honneur peut être violée une fois, mais sa vertu s'en affermit[3]. Le Juif, pour m'apprivoiser, me mena dans cette maison de campagne que vous voyez. J'avais cru jusque-là qu'il n'y avait rien sur la terre de si beau que le château de Thunder-ten-tronckh ; j'ai été détrompée.

« Le grand inquisiteur m'aperçut un jour à la messe, il me lorgna[4] beaucoup, et me fit dire qu'il avait à me parler pour des affaires secrètes. Je fus conduite à son palais ; je lui appris ma naissance ; il me représenta combien il était au-dessous de mon rang d'appartenir à un Israélite. On proposa de sa part à don Issacar de me céder à monseigneur. Don Issacar, qui est le banquier de la

1. **Flanc** : sein.
2. **Quartier** : caserne.
3. **Affermit** : renforça.
4. **Lorgna** : lança des regards amoureux.

cour et homme de crédit[1], n'en voulut rien faire. L'inquisiteur le menaça d'un auto-da-fé. Enfin mon Juif, intimidé[2], conclut un marché, par lequel la maison et moi leur appartiendraient à tous deux en commun ; que le Juif aurait pour lui les lundis, mercredis et le jour du sabbat, et que l'inquisiteur aurait les autres jours de la semaine. Il y a six mois que cette convention subsiste. Ce n'a pas été sans querelles ; car souvent il a été indécis si la nuit du samedi au dimanche appartenait à l'ancienne loi ou à la nouvelle[3]. Pour moi, j'ai résisté jusqu'à présent à toutes les deux, et je crois que c'est pour cette raison que j'ai toujours été aimée.

« Enfin, pour détourner le fléau des tremblements de terre, et pour intimider don Issacar, il plut à monseigneur l'inquisiteur de célébrer un auto-da-fé. Il me fit l'honneur de m'y inviter. Je fus très bien placée ; on servit aux dames des rafraîchissements entre la messe et l'exécution. Je fus, à la vérité, saisie d'horreur en voyant brûler ces deux Juifs et cet honnête Biscayen qui avait épousé sa commère ; mais quelle fut ma surprise, mon effroi, mon trouble, quand je vis, dans un san-benito et sous une mitre, une figure qui ressemblait à celle de Pangloss ! Je me frottai les yeux, je regardai attentivement, je le vis pendre ; je tombai en faiblesse. À peine reprenais-je mes sens que je vous vis dépouillé tout nu : ce fut là le comble de l'horreur, de la consternation, de la douleur, du désespoir. Je vous dirai, avec vérité, que votre peau est encore plus blanche et d'un incarnat[4] plus parfait que celle de mon capitaine des Bulgares. Cette vue redoubla tous les sentiments qui m'accablaient, qui me dévoraient. Je m'écriai, je voulus dire : "Arrêtez, barbares !" mais la voix me manqua, et mes cris auraient été inutiles. Quand

1. Homme de crédit : homme influent, à qui l'on fait confiance ; homme susceptible de prêter de l'argent. Voltaire joue ici sur les deux significations de l'expression.
2. Intimidé : effrayé.
3. À l'ancienne loi ou à la nouvelle : à la loi de l'Ancien Testament (dans la religion juive, le jour de repos est le samedi, le *sabbat*) ou à celle du Nouveau Testament (dans la religion chrétienne, le jour de repos est le dimanche).
4. Incarnat : rose vif.

vous eûtes été bien fessé : "Comment se peut-il faire, disais-je, que l'aimable Candide et le sage Pangloss se trouvent à Lisbonne, l'un pour recevoir cent coups de fouet, et l'autre pour être pendu par l'ordre de monseigneur l'inquisiteur dont je suis la bien-aimée ? Pangloss m'a donc bien cruellement trompée quand il me disait que tout va le mieux du monde."

« Agitée, éperdue[1], tantôt hors de moi-même, et tantôt prête de[2] mourir de faiblesse, j'avais la tête remplie du massacre de mon père, de ma mère, de mon frère, de l'insolence de mon vilain soldat bulgare, du coup de couteau qu'il me donna, de ma servitude, de mon métier de cuisinière, de mon capitaine bulgare, de mon vilain don Issacar, de mon abominable inquisiteur, de la pendaison du docteur Pangloss, de ce grand *miserere* en faux-bourdon pendant lequel on vous fessait, et surtout du baiser que je vous avais donné derrière un paravent, le jour que je vous avais vu pour la dernière fois. Je louai Dieu qui vous ramenait à moi par tant d'épreuves. Je recommandai à ma vieille d'avoir soin de vous, et de vous amener ici dès qu'elle le pourrait. Elle a très bien exécuté ma commission[3] ; j'ai goûté le plaisir inexprimable de vous revoir, de vous entendre, de vous parler. Vous devez avoir une faim dévorante ; j'ai grand appétit ; commençons par souper. »

Les voilà qui se mettent tous deux à table ; et après le souper, ils se replacent sur ce beau canapé dont on a déjà parlé ; ils y étaient quand le signor don Issacar, l'un des maîtres de la maison, arriva. C'était le jour du sabbat. Il venait jouir de ses droits, et expliquer son tendre amour.

1. **Éperdue** : très émue.
2. **Prête de** : sur le point de.
3. **Ma commission** : mission que je lui avais confiée.

Chapitre 9

Ce qui advint de Cunégonde, de Candide, du grand Inquisiteur et d'un Juif

Cet Issacar était le plus colérique Hébreu qu'on eût vu dans Israël depuis la captivité en Babylone[1]. « Quoi ! dit-il, chienne de Galiléenne[2], ce n'est pas assez de monsieur l'inquisiteur ? Il faut que ce coquin partage aussi avec moi ? » En disant cela il tire un long poignard dont il était toujours pourvu, et ne croyant pas que son adverse partie eût des armes, il se jette sur Candide ; mais notre bon Westphalien avait reçu une belle épée de la vieille avec l'habit complet. Il tire son épée, quoiqu'il eût les mœurs fort douces, et vous étend l'Israélite roide[3] mort sur le carreau, aux pieds de la belle Cunégonde.

« Sainte Vierge ! s'écria-t-elle, qu'allons-nous devenir ? Un homme tué chez moi ! si la justice vient, nous sommes perdus. – Si Pangloss n'avait pas été pendu, dit Candide, il nous donnerait un bon conseil dans cette extrémité[4], car c'était un grand philosophe. À son défaut[5] consultons la vieille. » Elle était fort prudente, et commençait à dire son avis, quand une autre petite porte s'ouvrit. Il était une heure après minuit, c'était le commencement du dimanche. Ce jour appartenait à monseigneur l'inquisiteur. Il entre et voit le fessé Candide l'épée à la main, un mort étendu par terre, Cunégonde effarée, et la vieille donnant des conseils.

1. Allusion à la captivité des Hébreux (586 av. J.-C.) à Babylone (aujourd'hui Bagdad, en Irak).
2. Galiléenne : chrétienne.
3. Roide : raide.
4. Extrémité : situation désespérée.
5. À son défaut : par défaut, puisqu'il n'est pas là.

Voici dans ce moment ce qui se passa dans l'âme de Candide, et comment il raisonna : « Si ce saint homme appelle du secours, il me fera infailliblement brûler ; il pourra en faire autant de Cunégonde ; il m'a fait fouetter impitoyablement ; il est mon rival ; je suis en train de tuer, il n'y a pas à balancer[1]. » Ce raisonnement fut net et rapide ; et sans donner le temps à l'inquisiteur de revenir de sa surprise, il le perce d'outre en outre, et le jette à côté du Juif. « En voici bien d'une autre, dit Cunégonde ; il n'y a plus de rémission[2] ; nous sommes excommuniés[3], notre dernière heure est venue. Comment avez-vous fait, vous qui êtes né si doux, pour tuer en deux minutes un Juif et un prélat ? – Ma belle demoiselle, répondit Candide, quand on est amoureux, jaloux et fouetté par l'Inquisition, on ne se connaît plus. »

La vieille prit alors la parole et dit : « Il y a trois chevaux andalous dans l'écurie, avec leurs selles et leurs brides : que le brave Candide les prépare ; madame a des moyadors[4] et des diamants : montons vite à cheval, quoique je ne puisse me tenir que sur une fesse, et allons à Cadix ; il fait le plus beau temps du monde, et c'est un grand plaisir de voyager pendant la fraîcheur de la nuit. »

Aussitôt Candide selle les trois chevaux. Cunégonde, la vieille et lui font trente milles[5] d'une traite. Pendant qu'ils s'éloignaient, la Sainte-Hermandad[6] arrive dans la maison ; on enterre monseigneur dans une belle église, et on jette Issacar à la voirie[7].

Candide, Cunégonde et la vieille étaient déjà dans la petite ville d'Avacéna, au milieu des montagnes de la Sierra-Morena[8] ; et ils parlaient ainsi dans un cabaret.

1. **Balancer** : hésiter.
2. **Rémission** : pardon possible.
3. **Excommuniés** : exclus de la communauté des fidèles de l'Église catholique.
4. **Moyadors** : ancienne monnaie du Portugal.
5. **Trente milles** : 50 kilomètres environ.
6. **Sainte-Hermandad** : milice religieuse chargée d'assurer l'ordre public.
7. **Voirie** : lieu où l'on jette les ordures.
8. **Sierra-Morena** : massif montagneux au sud de l'Espagne.

Chapitre 10

Dans quelle détresse Candide, Cunégonde et la vieille arrivent à Cadix, et de leur embarquement

« Qui a donc pu me voler mes pistoles[1] et mes diamants ? disait en pleurant Cunégonde ; de quoi vivrons-nous ? comment ferons-nous ? où trouver des inquisiteurs et des Juifs qui m'en donnent d'autres ? – Hélas ! dit la vieille, je soupçonne fort un révérend père cordelier qui coucha hier dans la même auberge que nous à Badajoz ; Dieu me garde de faire un jugement téméraire[2] ! mais il entra deux fois dans notre chambre, et il partit longtemps avant nous. – Hélas ! dit Candide, le bon Pangloss m'avait souvent prouvé que les biens de la terre sont communs à tous les hommes, que chacun y a un droit égal. Ce cordelier devait bien, suivant ces principes, nous laisser de quoi achever notre voyage. Il ne vous reste donc rien du tout, ma belle Cunégonde ? – Pas un maravédis[3], dit-elle. – Quel parti prendre ? dit Candide. – Vendons un des chevaux, dit la vieille ; je monterai en croupe derrière mademoiselle, quoique je ne puisse me tenir que sur une fesse, et nous arriverons à Cadix. »

Il y avait dans la même hôtellerie un prieur de bénédictins[4] ; il acheta le cheval bon marché. Candide, Cunégonde et la vieille passèrent par Lucena, par Chillas, par Lebrixa, et arrivèrent enfin à Cadix. On y équipait une flotte, et on y assemblait des troupes pour mettre

1. **Pistoles** : ancienne monnaie d'or (Espagne, Italie, France).
2. **Téméraire** : ici, hâtif, sans preuve.
3. **Maravédis** : pièce espagnole en cuivre de très faible valeur.
4. **Prieur de bénédictins** : moine supérieur de l'ordre de saint Benoît.

à la raison[1] les révérends pères jésuites du Paraguay[2], qu'on accusait d'avoir fait révolter une de leurs hordes contre les rois d'Espagne et de Portugal, auprès de la ville du Saint-Sacrement[3]. Candide, ayant servi chez les Bulgares, fit l'exercice bulgarien[4] devant le général de la petite armée avec tant de grâce, de célérité[5], d'adresse, de fierté, d'agilité, qu'on lui donna une compagnie d'infanterie à commander. Le voilà capitaine ; il s'embarque avec Mlle Cunégonde, la vieille, deux valets et les deux chevaux andalous qui avaient appartenu à M. le grand inquisiteur de Portugal.

Pendant toute la traversée ils raisonnèrent beaucoup sur la philosophie du pauvre Pangloss. « Nous allons dans un autre univers, disait Candide ; c'est dans celui-là sans doute que tout est bien. Car il faut avouer qu'on pourrait gémir un peu de ce qui se passe dans le nôtre en physique et en morale[6]. – Je vous aime de tout mon cœur, disait Cunégonde ; mais j'ai encore l'âme tout effarouchée de ce que j'ai vu, de ce que j'ai éprouvé. – Tout ira bien, répliquait Candide ; la mer de ce nouveau monde vaut déjà mieux que les mers de notre Europe ; elle est plus calme, les vents plus constants. C'est certainement le nouveau monde qui est le meilleur des univers possibles. – Dieu le veuille ! disait Cunégonde ; mais j'ai été si horriblement malheureuse dans le mien que mon cœur est presque fermé à l'espérance. – Vous vous plaignez, leur dit la vieille ; hélas ! vous n'avez pas éprouvé des infortunes telles que les miennes. » Cunégonde se mit presque à rire, et trouva cette bonne femme fort plaisante de prétendre être plus malheureuse qu'elle. « Hélas ! lui dit-elle, ma bonne, à moins que vous

1. **Mettre à la raison** : remettre dans le droit chemin.
2. Missionnaires de la Compagnie de Jésus. Voltaire fait ici allusion aux jésuites qui avaient été envoyés en 1604 par l'Espagne pour administrer le Paraguay. Après avoir mis en place une république avec les Indiens Guaranis, les missionnaires étaient sortis de la légalité et refusaient l'autorité espagnole, organisant sur place des guérillas d'Indiens et constituant des territoires indépendants avec ces derniers.
3. Saint-Sacrement : ville du Paraguay cédée par les Espagnols aux Portugais.
4. Exercice bulgarien : entraînement militaire à la prussienne. Voir chapitre 2.
5. Célérité : rapidité.
6. En physique et en morale : sur le plan physique (souffrances, catastrophes, tremblements de terre) et sur le plan moral (crimes, péchés, guerres).

n'ayez été violée par deux Bulgares, que vous n'ayez reçu deux coups de couteau dans le ventre, qu'on n'ait démoli deux de vos châteaux, qu'on n'ait égorgé à vos yeux deux mères et deux pères, et que vous n'ayez vu deux de vos amants fouettés dans un auto-da-fé, je ne vois pas que vous puissiez l'emporter sur moi ; ajoutez que je suis née baronne avec soixante et douze quartiers, et que j'ai été cuisinière. – Mademoiselle, répondit la vieille, vous ne savez pas quelle est ma naissance ; et si je vous montrais mon derrière, vous ne parleriez pas comme vous faites, et vous suspendriez votre jugement. » Ce discours fit naître une extrême curiosité dans l'esprit de Cunégonde et de Candide. La vieille leur parla en ces termes.

Chapitre 11
Histoire de la vieille

« Je n'ai pas eu toujours les yeux éraillés et bordés d'écarlate[1] ; mon nez n'a pas toujours touché à mon menton, et je n'ai pas toujours été servante. Je suis la fille du pape Urbain X, et de la princesse de Palestrine[2]. On m'éleva jusqu'à quatorze ans dans un palais auquel tous les châteaux de vos barons allemands n'auraient pas servi d'écurie ; et une de mes robes valait mieux que toutes les magnificences de la Westphalie. Je croissais en beauté, en grâces, en talents, au milieu des plaisirs, des respects et des espérances. J'inspirais déjà de l'amour, ma gorge[3] se formait ; et quelle gorge ! blanche, ferme, taillée comme celle de la Vénus de Médicis[4] ; et

1. **Éraillés et bordés d'écarlate** : écorchés et cernés de rouge.
2. **Urbain X** : nom inventé, ce pape n'a jamais existé ; **Palestrine** : ville au sud de Rome.
3. **Gorge** : poitrine.
4. **Vénus de Médicis** : statue antique de la déesse de la beauté et de l'amour appartenant aux Médicis, famille de riches marchands et banquiers florentins.

quels yeux ! quelles paupières ! quels sourcils noirs ! quelles flammes brillaient dans mes deux prunelles, et effaçaient la scintillation des étoiles, comme me disaient les poètes du quartier. Les femmes qui m'habillaient et qui me déshabillaient tombaient en extase en me regardant par-devant et par-derrière, et tous les hommes auraient voulu être à leur place.

« Je fus fiancée à un prince souverain de Massa-Carrara[1]. Quel prince ! aussi beau que moi, pétri de douceur et d'agréments, brillant d'esprit et brûlant d'amour. Je l'aimais comme on aime pour la première fois, avec idolâtrie, avec emportement. Les noces furent préparées. C'était une pompe[2], une magnificence inouïe ; c'étaient des fêtes, des carrousels[3], des opera-buffa continuels ; et toute l'Italie fit pour moi des sonnets dont il n'y eut pas un seul de passable. Je touchais au moment de mon bonheur, quand une vieille marquise qui avait été maîtresse de mon prince l'invita à prendre du chocolat chez elle. Il mourut en moins de deux heures avec des convulsions épouvantables. Mais ce n'est qu'une bagatelle. Ma mère, au désespoir, et bien moins affligée que moi, voulut s'arracher pour quelque temps à un séjour si funeste. Elle avait une très belle terre auprès de Gaëte[4]. Nous nous embarquâmes sur une galère[5] du pays, dorée comme l'autel de Saint-Pierre de Rome. Voilà qu'un corsaire de Salé[6] fond sur nous et nous aborde. Nos soldats se défendirent comme des soldats du pape : ils se mirent tous à genoux en jetant leurs armes, et en demandant au corsaire une absolution *in articulo mortis*[7].

« Aussitôt on les dépouilla nus comme des singes, et ma mère aussi, nos filles d'honneur aussi, et moi aussi. C'est une chose

1. **Massa-Carrara** : province italienne.
2. **Pompe** : déploiement de luxe.
3. **Carrousels** : parades à cheval.
4. **Gaëte** : port au sud de Rome.
5. **Galère** : navire de guerre.
6. **Corsaire de Salé** : vaisseau pirate de Salé, port du Maroc.
7. **Absolution *in articulo mortis*** : pardon des péchés au moment de la mort.

admirable que la diligence¹ avec laquelle ces messieurs déshabillent le monde. Mais ce qui me surprit davantage, c'est qu'ils nous mirent à tous le doigt dans un endroit où nous autres femmes nous ne nous laissons mettre d'ordinaire que des canules². Cette cérémonie me paraissait bien étrange : voilà comme on juge de tout quand on n'est pas sorti de son pays. J'appris bientôt que c'était pour voir si nous n'avions pas caché là quelques diamants : c'est un usage établi de temps immémorial parmi les nations policées qui courent sur mer. J'ai su que MM. les religieux chevaliers de Malte³ n'y manquent jamais quand ils prennent des Turcs et des Turques ; c'est une loi du droit des gens à laquelle on n'a jamais dérogé⁴.

« Je ne vous dirai point combien il est dur pour une jeune princesse d'être menée esclave à⁵ Maroc avec sa mère. Vous concevez assez tout ce que nous eûmes à souffrir dans le vaisseau corsaire. Ma mère était encore très belle ; nos filles d'honneur, nos simples femmes de chambre, avaient plus de charmes qu'on n'en peut trouver dans toute l'Afrique. Pour moi, j'étais ravissante, j'étais la beauté, la grâce même, et j'étais pucelle ; je ne le fus pas longtemps : cette fleur qui avait été réservée pour le beau prince de Massa-Carrara me fut ravie par le capitaine corsaire ; c'était un nègre abominable, qui croyait encore me faire beaucoup d'honneur. Certes, il fallait que Mme la princesse de Palestrine et moi fussions bien fortes pour résister à tout ce que nous éprouvâmes jusqu'à notre arrivée à Maroc. Mais passons ; ce sont des choses si communes qu'elles ne valent pas la peine qu'on en parle.

« Maroc nageait dans le sang quand nous arrivâmes. Cinquante fils de l'empereur Muley-Ismaël⁶ avaient chacun leur parti : ce qui

1. **Diligence** : rapidité.
2. **Canules** : tubes de seringue à lavement.
3. **Chevaliers de Malte** : membres d'un ordre religieux et militaire installé à Malte, qui se consacrait à la défense de la chrétienté.
4. **Dérogé** : fait exception.
5. **À** : au.
6. **Muley-Ismaël** (1646-1727) : roi du Maroc.

produisait en effet cinquante guerres civiles, de noirs contre noirs, de noirs contre basanés, de basanés contre basanés, de mulâtres contre mulâtres. C'était un carnage continuel dans toute l'étendue de l'empire.

« À peine fûmes-nous débarqués que des noirs d'une faction ennemie de celle de mon corsaire se présentèrent pour lui enlever son butin. Nous étions, après les diamants et l'or, ce qu'il avait de plus précieux. Je fus témoin d'un combat tel que vous n'en voyez jamais dans vos climats d'Europe. Les peuples septentrionaux[1] n'ont pas le sang assez ardent. Ils n'ont pas la rage des femmes au point où elle est commune en Afrique. Il semble que vos Européens aient du lait dans les veines ; c'est du vitriol[2], c'est du feu qui coule dans celles des habitants du mont Atlas[3] et des pays voisins. On combattit avec la fureur des lions, des tigres et des serpents de la contrée, pour savoir à qui nous aurait. Un Maure[4] saisit ma mère par le bras droit, le lieutenant de mon capitaine la retint par le bras gauche ; un soldat maure la prit par une jambe, un de nos pirates la tenait par l'autre. Nos filles se trouvèrent presque toutes en un moment tirées ainsi à quatre soldats. Mon capitaine me tenait cachée derrière lui. Il avait le cimeterre[5] au poing, et tuait tout ce qui s'opposait à sa rage. Enfin, je vis toutes nos Italiennes et ma mère déchirées, coupées, massacrées par les monstres qui se les disputaient. Les captifs mes compagnons, ceux qui les avaient pris, soldats, matelots, noirs, basanés, blancs, mulâtres, et enfin mon capitaine, tout fut tué ; et je demeurai mourante sur un tas de morts. Des scènes pareilles se passaient, comme on sait, dans l'étendue de plus de trois cents lieues[6], sans qu'on manquât aux cinq prières par jour ordonnées par Mahomet.

1. **Septentrionaux** : situés au nord.
2. **Vitriol** : acide sulfurique.
3. **Mont Atlas** : massif montagneux de l'Afrique du Nord.
4. **Maure** : Arabe.
5. **Cimeterre** : sabre.
6. **Trois cents lieues** : environ 1 200 kilomètres.

« Je me débarrassai avec beaucoup de peine de la foule de tant de cadavres sanglants entassés, et je me traînai sous un grand oranger au bord d'un ruisseau voisin ; j'y tombai d'effroi, de lassitude, d'horreur, de désespoir et de faim. Bientôt après, mes sens accablés se livrèrent à un sommeil qui tenait plus de l'évanouissement que du repos. J'étais dans cet état de faiblesse et d'insensibilité, entre la mort et la vie, quand je me sentis pressée de quelque chose qui s'agitait sur mon corps. J'ouvris les yeux, je vis un homme blanc et de bonne mine qui soupirait, et qui disait entre ses dents : *O che sciagura d'essere senza c...*[1] !

Chapitre 12
Suite des malheurs de la vieille

« Étonnée et ravie d'entendre la langue de ma patrie, et non moins surprise des paroles que proférait cet homme, je lui répondis qu'il y avait de plus grands malheurs que celui dont il se plaignait. Je l'instruisis en peu de mots des horreurs que j'avais essuyées, et je retombai en faiblesse[2]. Il m'emporta dans une maison voisine, me fit mettre au lit, me fit donner à manger, me servit, me consola, me flatta, me dit qu'il n'avait rien vu de si beau que moi, et que jamais il n'avait tant regretté ce que personne ne pouvait lui rendre. "Je suis né à Naples, me dit-il, on y chaponne[3] deux ou trois mille enfants tous les ans ; les uns en meurent, les autres acquièrent une voix plus belle que celle des femmes, les autres vont gouverner les

1. Dans l'édition de 1759, le mot italien est écrit en entier : *coglioni*. « Quel malheur d'être sans couilles ! »
2. Je retombai en faiblesse : je retombai évanouie.
3. Chaponne : castre.

Candide

États. On me fit cette opération avec un très grand succès, et j'ai été musicien de la chapelle de Mme la princesse de Palestrine.
– De ma mère ! m'écriai-je. – De votre mère ! s'écria-t-il en pleurant. Quoi ! vous seriez cette jeune princesse que j'ai élevée jusqu'à l'âge de six ans, et qui promettait déjà d'être aussi belle que vous êtes ?
– C'est moi-même ; ma mère est à quatre cents pas d'ici, coupée en quartiers sous un tas de morts…"

« Je lui contai tout ce qui m'était arrivé ; il me conta aussi ses aventures, et m'apprit comment il avait été envoyé chez le roi de Maroc par une puissance chrétienne, pour conclure avec ce monarque un traité, par lequel on lui fournirait de la poudre, des canons et des vaisseaux, pour l'aider à exterminer le commerce des autres chrétiens. "Ma mission est faite, me dit cet honnête eunuque[1] ; je vais m'embarquer à Ceuta[2], et je vous ramènerai en Italie. *Ma che sciagura d'essere senza c…* !"

« Je le remerciai avec des larmes d'attendrissement ; et au lieu de me mener en Italie, il me conduisit à Alger, et me vendit au dey[3] de cette province. À peine fus-je vendue que cette peste qui a fait le tour de l'Afrique, de l'Asie et de l'Europe, se déclara dans Alger avec fureur. Vous avez vu des tremblements de terre ; mais, mademoiselle, avez-vous jamais eu la peste ? – Jamais, répondit la baronne.

– Si vous l'aviez eue, reprit la vieille, vous avoueriez qu'elle est bien au-dessus d'un tremblement de terre.

Elle est fort commune en Afrique ; j'en fus attaquée. Figurez-vous quelle situation pour la fille d'un pape, âgée de quinze ans, qui en trois mois de temps avait éprouvé la pauvreté, l'esclavage, avait été violée presque tous les jours, avait vu couper sa mère en quatre, avait essuyé la faim et la guerre, et mourait pestiférée[4] dans Alger. Je n'en mourus pourtant pas. Mais mon eunuque et le dey, et presque tout le sérail d'Alger, périrent.

1. **Eunuque** : homme castré.
2. **Ceuta** : port espagnol situé sur la côte marocaine.
3. **Dey** : gouverneur d'Alger.
4. **Pestiférée** : infectée de la peste.

Chapitre 12

« Quand les premiers ravages de cette épouvantable peste furent passés, on vendit les esclaves du dey. Un marchand m'acheta et me mena à Tunis, il me vendit à un autre marchand, qui me revendit à Tripoli ; de Tripoli je fus revendue à Alexandrie, d'Alexandrie revendue à Smyrne, de Smyrne à Constantinople. J'appartins enfin à un aga des janissaires[1], qui fut bientôt commandé pour aller défendre Azof contre les Russes qui l'assiégeaient.

« L'aga, qui était un très galant homme, mena avec lui tout son sérail, et nous logea dans un petit fort sur les Palus-Méotides[2], gardé par deux eunuques noirs et vingt soldats. On tua prodigieusement de Russes, mais ils nous le rendirent bien. Azof fut mis à feu et à sang, et on ne pardonna ni au sexe ni à l'âge ; il ne resta que notre petit fort ; les ennemis voulurent nous prendre par famine. Les vingt janissaires avaient juré de ne se jamais rendre. Les extrémités de la faim où ils furent réduits les contraignirent à manger nos deux eunuques, de peur de violer leur serment. Au bout de quelques jours, ils résolurent de manger les femmes.

« Nous avions un iman[3] très pieux et très compatissant, qui leur fit un beau sermon par lequel il leur persuada de ne nous pas tuer tout à fait. "Coupez, dit-il, seulement une fesse à chacune de ces dames, vous ferez très bonne chère ; s'il faut y revenir, vous en aurez encore autant dans quelques jours ; le ciel vous saura gré d'une action si charitable, et vous serez secourus."

« Il avait beaucoup d'éloquence ; il les persuada. On nous fit cette horrible opération. L'iman nous appliqua le même baume qu'on met aux enfants qu'on vient de circoncire. Nous étions toutes à la mort.

« À peine les janissaires eurent-ils fait le repas que nous leur avions fourni que les Russes arrivent sur des bateaux plats ; il ne réchappa pas un janissaire. Les Russes ne firent aucune attention

1. Aga des janissaires : commandant des janissaires, soldats d'élite turcs.
2. Palus-Méotides : nom latin de la mer d'Azof (Ukraine).
3. Iman : chef religieux musulman.

à l'état où nous étions. Il y a partout des chirurgiens français : un d'eux, qui était fort adroit, prit soin de nous ; il nous guérit, et je me souviendrai toute ma vie que, quand les plaies furent bien fermées, il me fit des propositions. Au reste, il nous dit à toutes de nous consoler ; il nous assura que dans plusieurs sièges pareille chose était arrivée, et que c'était la loi de la guerre.

« Dès que mes compagnes purent marcher, on les fit aller à Moscou. J'échus en partage à un boyard[1] qui me fit sa jardinière, et qui me donnait vingt coups de fouet par jour. Mais ce seigneur ayant été roué[2] au bout de deux ans avec une trentaine de boyards pour quelque tracasserie de cour, je profitai de cette aventure ; je m'enfuis ; je traversai toute la Russie ; je fus longtemps servante de cabaret à Riga, puis à Rostock, à Vismar, à Leipsick, à Cassel, à Utrecht, à Leyde, à La Haye, à Rotterdam : j'ai vieilli dans la misère et dans l'opprobre[3], n'ayant que la moitié d'un derrière, me souvenant toujours que j'étais fille d'un pape ; je voulus cent fois me tuer, mais j'aimais encore la vie. Cette faiblesse ridicule est peut-être un de nos penchants les plus funestes ; car y a-t-il rien de plus sot que de vouloir porter continuellement un fardeau qu'on veut toujours jeter par terre ? d'avoir son être en horreur, et de tenir à son être ? enfin de caresser le serpent qui nous dévore, jusqu'à ce qu'il nous ait mangé le cœur ?

« J'ai vu dans les pays que le sort m'a fait parcourir, et dans les cabarets où j'ai servi, un nombre prodigieux de personnes qui avaient leur existence en exécration[4] ; mais je n'en ai vu que douze qui aient mis volontairement fin à leur misère : trois nègres, quatre Anglais, quatre Genevois et un professeur allemand nommé Robeck[5]. J'ai fini par être servante chez le Juif don Issacar ; il me mit auprès de

1. J'échus en partage à un boyard : je fus donnée par hasard à un noble russe.
2. Roué : exécuté par le supplice de la roue.
3. Opprobre : honte.
4. Exécration : horreur extrême.
5. Johan Robeck (1672-1739) : prêtre suédois qui fit l'apologie du suicide dans un traité (*Sur le ridicule d'aimer la vie*, 1736), puis se suicida.

vous, ma belle demoiselle ; je me suis attachée à votre destinée, et j'ai été plus occupée de vos aventures que des miennes. Je ne vous aurais même jamais parlé de mes malheurs, si vous ne m'aviez pas un peu piquée[1], et s'il n'était d'usage dans un vaisseau de conter des histoires pour se désennuyer. Enfin, mademoiselle, j'ai de l'expérience, je connais le monde ; donnez-vous un plaisir, engagez chaque passager à vous conter son histoire ; et s'il s'en trouve un seul qui n'ait souvent maudit sa vie, qui ne se soit souvent dit à lui-même qu'il était le plus malheureux des hommes, jetez-moi dans la mer la tête la première. »

Chapitre 13

Comment Candide fut obligé de se séparer de la belle Cunégonde et de la vieille

La belle Cunégonde, ayant entendu l'histoire de la vieille, lui fit toutes les politesses qu'on devait à une personne de son rang et de son mérite. Elle accepta la proposition ; elle engagea tous les passagers l'un après l'autre à lui conter leurs aventures. Candide et elle avouèrent que la vieille avait raison. « C'est bien dommage, disait Candide, que le sage Pangloss ait été pendu contre la coutume dans un auto-da-fé ; il nous dirait des choses admirables sur le mal physique et sur le mal moral qui couvrent la terre et la mer, et je me sentirais assez de force pour oser lui faire respectueusement quelques objections. »

À mesure que chacun racontait son histoire, le vaisseau avançait. On aborda dans Buenos-Ayres. Cunégonde, le capitaine Candide

1. Piquée : agacée.

et la vieille allèrent chez le gouverneur don Fernando d'Ibaraa, y Figueora, y Mascarenes, y Lampourdos, y Souza. Ce seigneur avait une fierté convenable à un homme qui portait tant de noms. Il parlait aux hommes avec le dédain le plus noble, portant le nez si haut, élevant si impitoyablement la voix, prenant un ton si imposant, affectant une démarche si altière[1], que tous ceux qui le saluaient étaient tentés de le battre. Il aimait les femmes à la fureur[2]. Cunégonde lui parut ce qu'il avait jamais vu de plus beau. La première chose qu'il fit fut de demander si elle n'était point la femme du capitaine. L'air dont il fit cette question alarma Candide : il n'osa pas dire qu'elle était sa femme, parce que en effet elle ne l'était point ; il n'osait pas dire que c'était sa sœur, parce qu'elle ne l'était pas non plus ; et quoique ce mensonge officieux eût été autrefois très à la mode chez les anciens[3], et qu'il pût être utile aux modernes, son âme était trop pure pour trahir la vérité. « Mlle Cunégonde, dit-il, doit me faire l'honneur de m'épouser, et nous supplions Votre Excellence de daigner faire notre noce. »

Don Fernando d'Ibaraa, y Figueora, y Mascarenes, y Lampourdos, y Souza, relevant sa moustache, sourit amèrement, et ordonna au capitaine Candide d'aller faire la revue de sa compagnie. Candide obéit ; le gouverneur demeura avec Mlle Cunégonde. Il lui déclara sa passion, lui protesta[4] que le lendemain il l'épouserait à la face de l'Église, ou autrement, ainsi qu'il plairait à ses charmes. Cunégonde lui demanda un quart d'heure pour se recueillir, pour consulter la vieille et pour se déterminer.

La vieille dit à Cunégonde : « Mademoiselle, vous avez soixante et douze quartiers, et pas une obole[5] ; il ne tient qu'à vous d'être la femme du plus grand seigneur de l'Amérique méridionale, qui a

1. **Altière** : hautaine.
2. **À la fureur** : à la folie.
3. Allusion à un épisode biblique : craignant que la beauté de son épouse Sarah ne mette sa propre vie en danger, Abraham la fit passer pour sa sœur aux yeux du pharaon d'Égypte chez qui il avait trouvé refuge.
4. **Protesta** : assura, promit.
5. **Pas une obole** : pas d'argent.

une très belle moustache ; est-ce à vous de vous piquer[1] d'une fidélité à toute épreuve ? Vous avez été violée par les Bulgares ; un Juif et un inquisiteur ont eu vos bonnes grâces : les malheurs donnent des droits. J'avoue que, si j'étais à votre place, je ne ferais aucun scrupule d'épouser monsieur le gouverneur et de faire la fortune de M. le capitaine Candide. » Tandis que la vieille parlait avec toute la prudence que l'âge et l'expérience donnent, on vit entrer dans le port un petit vaisseau ; il portait un alcade et des alguazils[2], et voici ce qui était arrivé.

La vieille avait très bien deviné que ce fut un cordelier à la grande manche qui vola l'argent et les bijoux de Cunégonde dans la ville de Badajoz, lorsqu'elle fuyait en hâte avec Candide. Ce moine voulut vendre quelques-unes des pierreries à un joaillier. Le marchand les reconnut pour celles du grand inquisiteur. Le cordelier, avant d'être pendu, avoua qu'il les avait volées ; il indiqua les personnes et la route qu'elles prenaient. La fuite de Cunégonde et de Candide était déjà connue. On les suivit à Cadix ; on envoya sans perdre temps un vaisseau à leur poursuite. Le vaisseau était déjà dans le port de Buenos-Ayres. Le bruit se répandit qu'un alcade allait débarquer, et qu'on poursuivait les meurtriers de monseigneur le grand inquisiteur. La prudente vieille vit dans l'instant tout ce qui était à faire. « Vous ne pouvez fuir, dit-elle à Cunégonde, et vous n'avez rien à craindre ; ce n'est pas vous qui avez tué monseigneur ; et d'ailleurs le gouverneur, qui vous aime, ne souffrira pas qu'on vous maltraite ; demeurez. » Elle court sur-le-champ à Candide : « Fuyez, dit-elle, ou dans une heure vous allez être brûlé. » Il n'y avait pas un moment à perdre ; mais comment se séparer de Cunégonde, et où se réfugier ?

1. **Piquer** : vanter.
2. **Alcade, alguazils** : en Espagne, fonctionnaires de la justice et de la police.

Chapitre 14

Comment Candide et Cacambo furent reçus chez les jésuites du Paraguay

Candide avait amené de Cadix un valet tel qu'on en trouve beaucoup sur les côtes d'Espagne et dans les colonies. C'était un quart d'Espagnol[1], né d'un métis dans le Tucuman[2] ; il avait été enfant de chœur, sacristain[3], matelot, moine, facteur[4], soldat, laquais. Il
5 s'appelait Cacambo, et aimait fort son maître parce que son maître était un fort bon homme. Il sella au plus vite les deux chevaux andalous. «Allons, mon maître, suivons le conseil de la vieille ; partons, et courons sans regarder derrière nous.» Candide versa des larmes. «Ô ma chère Cunégonde ! faut-il vous abandonner dans le
10 temps que monsieur le gouverneur va faire nos noces ! Cunégonde amenée de si loin, que deviendrez-vous ? – Elle deviendra ce qu'elle pourra, dit Cacambo ; les femmes ne sont jamais embarrassées d'elles ; Dieu y pourvoit ; courons. – Où me mènes-tu ? où allons-nous ? que ferons-nous sans Cunégonde ? disait Candide. – Par saint Jacques de
15 Compostelle, dit Cacambo, vous alliez faire la guerre aux jésuites ; allons la faire pour eux : je sais assez les chemins, je vous mènerai dans leur royaume, ils seront charmés d'avoir un capitaine qui fasse l'exercice à la bulgare ; vous ferez une fortune prodigieuse ; quand on n'a pas son compte dans un monde, on le trouve dans
20 un autre. C'est un très grand plaisir de voir et de faire des choses nouvelles.

1. **Un quart d'Espagnol** : un de ses grands-parents était espagnol.
2. **Tucuman** : province d'Argentine.
3. **Sacristain** : employé chargé de l'entretien d'une église.
4. **Facteur** : personne faisant du commerce.

Chapitre 14

– Tu as donc été déjà dans le Paraguay ? dit Candide. – Eh vraiment oui ! dit Cacambo ; j'ai été cuistre[1] dans le collège de l'Assomption, et je connais le gouvernement de Los Padres[2] comme je connais les rues de Cadix. C'est une chose admirable que ce gouvernement. Le royaume a déjà plus de trois cents lieues de diamètre ; il est divisé en trente provinces. Los Padres y ont tout, et les peuples rien ; c'est le chef-d'œuvre de la raison et de la justice. Pour moi, je ne vois rien de si divin que Los Padres, qui font ici la guerre au roi d'Espagne et au roi de Portugal, et qui en Europe confessent ces rois ; qui tuent ici des Espagnols, et qui à Madrid les envoient au ciel : cela me ravit ; avançons ; vous allez être le plus heureux de tous les hommes. Quel plaisir auront Los Padres quand ils sauront qu'il leur vient un capitaine qui sait l'exercice bulgare ! »

Dès qu'ils furent arrivés à la première barrière, Cacambo dit à la garde avancée qu'un capitaine demandait à parler à monseigneur le commandant. On alla avertir la grande garde. Un officier paraguain courut aux pieds du commandant lui donner part[3] de la nouvelle. Candide et Cacambo furent d'abord désarmés ; on se saisit de leurs deux chevaux andalous. Les deux étrangers sont introduits au milieu de deux files de soldats ; le commandant était au bout, le bonnet à trois cornes[4] en tête, la robe retroussée, l'épée au côté, l'esponton[5] à la main. Il fit un signe ; aussitôt vingt-quatre soldats entourent les deux nouveaux venus. Un sergent leur dit qu'il faut attendre, que le commandant ne peut leur parler, que le révérend père provincial[6] ne permet pas qu'aucun Espagnol ouvre la bouche qu'en sa présence, et demeure plus de trois heures dans le pays. « Et où est le révérend père provincial ? dit Cacambo. – Il est à la parade après avoir dit sa messe, répondit le sergent, et vous ne pourrez baiser

1. Cuistre : valet et cuisinier.
2. Los Padres : les pères jésuites.
3. Donner part : faire part, annoncer.
4. Bonnet à trois cornes : coiffe carrée et noire des jésuites.
5. Esponton : arme en forme de demi-pique.
6. Révérend père provincial : chef de la mission des jésuites de la province.

ses éperons que dans trois heures. – Mais, dit Cacambo, monsieur le capitaine, qui meurt de faim comme moi, n'est point espagnol, il est allemand ; ne pourrions-nous point déjeuner en attendant Sa Révérence ? »

Le sergent alla sur-le-champ rendre compte de ce discours au commandant. « Dieu soit béni ! dit ce seigneur ; puisqu'il est allemand, je peux lui parler ; qu'on le mène dans ma feuillée[1]. » Aussitôt on conduit Candide dans un cabinet de verdure orné d'une très jolie colonnade de marbre vert et or, et de treillages qui renfermaient des perroquets, des colibris, des oiseaux-mouches, des pintades, et tous les oiseaux les plus rares. Un excellent déjeuner était préparé dans des vases d'or ; et tandis que les Paraguains mangèrent du maïs dans des écuelles de bois, en plein champ, à l'ardeur du soleil, le révérend père commandant entra dans la feuillée.

C'était un très beau jeune homme, le visage plein, assez blanc, haut en couleur, le sourcil relevé, l'œil vif, l'oreille rouge, les lèvres vermeilles, l'air fier, mais d'une fierté qui n'était ni celle d'un Espagnol ni celle d'un jésuite. On rendit à Candide et à Cacambo leurs armes, qu'on leur avait saisies, ainsi que les deux chevaux andalous ; Cacambo leur fit manger l'avoine auprès de la feuillée, ayant toujours l'œil sur eux, crainte de surprise[2].

Candide baisa d'abord le bas de la robe du commandant, ensuite ils se mirent à table. « Vous êtes donc allemand ? lui dit le jésuite en cette langue. – Oui, mon Révérend Père », dit Candide. L'un et l'autre, en prononçant ces paroles, se regardaient avec une extrême surprise et une émotion dont ils n'étaient pas les maîtres. « Et de quel pays d'Allemagne êtes-vous ? dit le jésuite. – De la sale province de Westphalie, dit Candide : je suis né dans le château de Thunder-ten-tronckh. – Ô ciel ! est-il possible ? s'écria le commandant. – Quel miracle ! s'écria Candide. – Serait-ce vous ? dit le commandant. – Cela n'est pas possible », dit Candide. Ils se laissent tomber tous deux

1. Feuillée : abri formé de branches et de feuilles.
2. Crainte de surprise : par crainte d'une mauvaise surprise.

à la renverse, ils s'embrassent, ils versent des ruisseaux de larmes. « Quoi ! serait-ce vous, mon Révérend Père ? vous, le frère de la belle Cunégonde ! vous, qui fûtes tué par les Bulgares ! vous, le fils de monsieur le baron ! vous, jésuite au Paraguay ! Il faut avouer que ce monde est une étrange chose. Ô Pangloss ! Pangloss ! que vous seriez aise si vous n'aviez pas été pendu ! »

Le commandant fit retirer les esclaves nègres et les Paraguains qui servaient à boire dans des gobelets de cristal de roche. Il remercia Dieu et saint Ignace[1] mille fois ; il serrait Candide entre ses bras ; leurs visages étaient baignés de pleurs. « Vous seriez bien plus étonné, plus attendri, plus hors de vous-même, dit Candide, si je vous disais que Mlle Cunégonde, votre sœur, que vous avez crue éventrée, est pleine de santé. – Où ? – Dans votre voisinage, chez M. le gouverneur de Buenos-Ayres ; et je venais pour vous faire la guerre. » Chaque mot qu'ils prononcèrent dans cette longue conversation accumulait prodige sur prodige. Leur âme tout entière volait sur leur langue, était attentive dans leurs oreilles et étincelante dans leurs yeux. Comme ils étaient allemands, ils tinrent table longtemps, en attendant le révérend père provincial ; et le commandant parla ainsi à son cher Candide.

Chapitre 15

Comment Candide tua le frère de sa chère Cunégonde

« J'aurai toute ma vie présent à la mémoire le jour horrible où je vis tuer mon père et ma mère, et violer ma sœur. Quand les

1. Ignace de Loyola (1491-1556) : fondateur de l'ordre des Jésuites (Compagnie de Jésus) en 1540.

Bulgares furent retirés, on ne trouva point cette sœur adorable, et on mit dans une charrette ma mère, mon père et moi, deux servantes et trois petits garçons égorgés, pour nous aller enterrer dans une chapelle de jésuites, à deux lieues du château de mes pères. Un jésuite nous jeta de l'eau bénite ; elle était horriblement salée ; il en entra quelques gouttes dans mes yeux ; le père s'aperçut que ma paupière faisait un petit mouvement : il mit la main sur mon cœur et le sentit palpiter ; je fus secouru, et, au bout de trois semaines, il n'y paraissait pas. Vous savez, mon cher Candide, que j'étais fort joli, je le devins encore davantage ; aussi le révérend père Croust, supérieur de la maison, prit pour moi la plus tendre amitié ; il me donna l'habit de novice ; quelque temps après je fus envoyé à Rome. Le père général[1] avait besoin d'une recrue de jeunes jésuites allemands. Les souverains du Paraguay reçoivent le moins qu'ils peuvent de jésuites espagnols ; ils aiment mieux les étrangers, dont ils se croient plus maîtres. Je fus jugé propre[2] par le révérend père général pour aller travailler dans cette vigne[3]. Nous partîmes, un Polonais, un Tyrolien et moi. Je fus honoré, en arrivant, du sous-diaconat[4] et d'une lieutenance ; je suis aujourd'hui colonel et prêtre. Nous recevrons vigoureusement les troupes du roi d'Espagne ; je vous réponds qu'elles seront excommuniées et battues. La Providence vous envoie ici pour nous seconder. Mais est-il bien vrai que ma chère sœur Cunégonde soit dans le voisinage, chez le gouverneur de Buenos-Ayres ? » Candide l'assura par serment que rien n'était plus vrai. Leurs larmes recommencèrent à couler.

Le baron ne pouvait se lasser d'embrasser Candide ; il l'appelait son frère, son sauveur. « Ah ! peut-être, lui dit-il, nous pourrons ensemble, mon cher Candide, entrer en vainqueurs dans la ville, et reprendre ma sœur Cunégonde. – C'est tout ce que je souhaite,

1. Père général : supérieur de l'ordre des Jésuites.
2. Propre : convenable.
3. Travailler dans cette vigne : travailler dans les missions jésuites pour convertir les habitants du Paraguay.
4. Sous-diaconat : sous-prêtrise.

dit Candide; car je comptais l'épouser, et je l'espère encore. – Vous, insolent! répondit le baron, vous auriez l'impudence d'épouser ma sœur qui a soixante et douze quartiers! Je vous trouve bien effronté d'oser me parler d'un dessein si téméraire!» Candide, pétrifié d'un tel discours, lui répondit: «Mon Révérend Père, tous les quartiers du monde n'y font rien; j'ai tiré votre sœur des bras d'un Juif et d'un inquisiteur; elle m'a assez d'obligations, elle veut m'épouser. Maître Pangloss m'a toujours dit que les hommes sont égaux, et assurément je l'épouserai. – C'est ce que nous verrons, coquin!» dit le jésuite baron de Thunder-ten-tronckh, et en même temps il lui donna un grand coup du plat de son épée sur le visage. Candide dans l'instant tire la sienne et l'enfonce jusqu'à la garde[1] dans le ventre du baron jésuite; mais, en la retirant toute fumante, il se mit à pleurer: «Hélas! mon Dieu, dit-il, j'ai tué mon ancien maître, mon ami, mon beau-frère; je suis le meilleur homme du monde, et voilà déjà trois hommes que je tue; et dans ces trois il y a deux prêtres.»

Cacambo, qui faisait sentinelle à la porte de la feuillée, accourut. «Il ne nous reste qu'à vendre cher notre vie, lui dit son maître: on va sans doute entrer dans la feuillée, il faut mourir les armes à la main.» Cacambo, qui en avait vu bien d'autres, ne perdit point la tête; il prit la robe de jésuite que portait le baron, la mit sur le corps de Candide, lui donna le bonnet carré[2] du mort, et le fit monter à cheval. Tout cela se fit en un clin d'œil. «Galopons, mon maître; tout le monde vous prendra pour un jésuite qui va donner des ordres; et nous aurons passé les frontières avant qu'on puisse courir après nous.» Il volait déjà en prononçant ces paroles, et en criant en espagnol: «Place, place pour le révérend père colonel.»

1. Jusqu'à la garde: jusqu'au rebord de la poignée de l'épée.
2. Bonnet carré: coiffure des jésuites dont la base était carrée.

Chapitre 16

Ce qui advint aux deux voyageurs avec deux filles, deux singes et les sauvages nommés Oreillons

Candide et son valet furent au-delà des barrières, et personne ne savait encore dans le camp la mort du jésuite allemand. Le vigilant Cacambo avait eu soin de remplir sa valise de pain, de chocolat, de jambon, de fruits et de quelques mesures de vin. Ils s'enfoncè-
5 rent avec leurs chevaux andalous dans un pays inconnu, où ils ne découvrirent aucune route. Enfin une belle prairie entrecoupée de ruisseaux se présenta devant eux. Nos deux voyageurs font repaître[1] leurs montures. Cacambo propose à son maître de manger, et lui en donne l'exemple. « Comment veux-tu, disait Candide, que je
10 mange du jambon, quand j'ai tué le fils de monsieur le baron, et que je me vois condamné à ne revoir la belle Cunégonde de ma vie ? à quoi me servira de prolonger mes misérables jours, puisque je dois les traîner loin d'elle dans les remords et dans le désespoir ? et que dira le *Journal de Trévoux*[2] ? »
15 En parlant ainsi, il ne laissait pas de[3] manger. Le soleil se couchait. Les deux égarés entendirent quelques petits cris qui paraissaient poussés par des femmes. Ils ne savaient si ces cris étaient de douleur ou de joie ; mais ils se levèrent précipitamment avec cette inquiétude et cette alarme[4] que tout inspire dans un pays inconnu.
20 Ces clameurs partaient de deux filles toutes nues qui couraient légèrement au bord de la prairie, tandis que deux singes les suivaient en leur mordant les fesses. Candide fut touché de pitié ; il avait

1. **Repaître** : manger.
2. ***Journal de Trévoux*** : revue littéraire, fondée par les jésuites, très hostile à Voltaire et aux philosophes des Lumières.
3. **Ne laissait pas de** : n'oubliait pas de.
4. **Alarme** : inquiétude.

appris à tirer chez les Bulgares, et il aurait abattu une noisette dans un buisson sans toucher aux feuilles. Il prend son fusil espagnol à deux coups, tire, et tue les deux singes. « Dieu soit loué, mon cher Cacambo ! j'ai délivré d'un grand péril ces deux pauvres créatures ; si j'ai commis un péché en tuant un inquisiteur et un jésuite, je l'ai bien réparé en sauvant la vie à deux filles. Ce sont peut-être deux demoiselles de condition[1], et cette aventure nous peut procurer de très grands avantages dans le pays. »

Il allait continuer, mais sa langue devint percluse[2] quand il vit ces deux filles embrasser tendrement les deux singes, fondre en larmes sur leurs corps et remplir l'air des cris les plus douloureux. « Je ne m'attendais pas à tant de bonté d'âme », dit-il enfin à Cacambo ; lequel lui répliqua : « Vous avez fait là un beau chef-d'œuvre, mon maître ; vous avez tué les deux amants de ces demoiselles. – Leurs amants ! serait-il possible ? vous vous moquez de moi, Cacambo ; le moyen de vous croire ? – Mon cher maître, reprit Cacambo, vous êtes toujours étonné de tout ; pourquoi trouvez-vous si étrange que dans quelques pays il y ait des singes qui obtiennent les bonnes grâces des dames ? Ils sont des quarts d'hommes, comme je suis un quart d'Espagnol. – Hélas ! reprit Candide, je me souviens d'avoir entendu dire à maître Pangloss qu'autrefois pareils accidents étaient arrivés, et que ces mélanges avaient produit des égipans, des faunes, des satyres[3] ; que plusieurs grands personnages de l'antiquité en avaient vu ; mais je prenais cela pour des fables. – Vous devez être convaincu à présent, dit Cacambo, que c'est une vérité, et vous voyez comment en usent les personnes qui n'ont pas reçu une certaine éducation ; tout ce que je crains, c'est que ces dames ne nous fassent quelque méchante affaire. »

Ces réflexions solides engagèrent Candide à quitter la prairie et à s'enfoncer dans un bois. Il y soupa avec Cacambo ; et tous

1. Demoiselles de condition : jeunes filles de la noblesse.
2. Percluse : paralysée.
3. Égipans : capricornes à tête humaine ; **faunes, satyres** : dans la mythologie antique, figures mi-humaines, mi-animales.

deux, après avoir maudit l'inquisiteur de Portugal, le gouverneur de Buenos-Ayres et le baron, s'endormirent sur de la mousse. À leur réveil, ils sentirent qu'ils ne pouvaient remuer ; la raison en était que pendant la nuit les Oreillons, habitants du pays, à qui les deux dames les avaient dénoncés, les avaient garrottés avec des cordes d'écorce d'arbre. Ils étaient entourés d'une cinquantaine d'Oreillons tout nus, armés de flèches, de massues et de haches de caillou : les uns faisaient bouillir une grande chaudière ; les autres préparaient des broches, et tous criaient : « C'est un jésuite, c'est un jésuite ! nous serons vengés, et nous ferons bonne chère ; mangeons du jésuite, mangeons du jésuite ! »

« Je vous l'avais bien dit, mon cher maître, s'écria tristement Cacambo, que ces deux filles nous joueraient d'un mauvais tour. » Candide, apercevant la chaudière[1] et les broches, s'écria : « Nous allons certainement être rôtis ou bouillis. Ah ! que dirait maître Pangloss, s'il voyait comme la pure nature est faite ? Tout est bien ; soit, mais j'avoue qu'il est bien cruel d'avoir perdu Mlle Cunégonde et d'être mis à la broche par des Oreillons. » Cacambo ne perdait jamais la tête. « Ne désespérez de rien, dit-il au désolé Candide ; j'entends un peu le jargon[2] de ces peuples, je vais leur parler. – Ne manquez pas, dit Candide, de leur représenter quelle est l'inhumanité affreuse de faire cuire des hommes, et combien cela est peu chrétien. »

« Messieurs, dit Cacambo, vous comptez donc manger aujourd'hui un jésuite : c'est très bien fait ; rien n'est plus juste que de traiter ainsi ses ennemis. En effet le droit naturel[3] nous enseigne à tuer notre prochain, et c'est ainsi qu'on en agit dans toute la terre. Si nous n'usons pas du droit de le manger, c'est que nous avons d'ailleurs de quoi faire bonne chère ; mais vous n'avez pas les mêmes ressources que nous ; certainement il vaut mieux manger ses ennemis que d'abandonner aux corbeaux et aux corneilles le

1. **Chaudière** : grande marmite.
2. **J'entends un peu le jargon** : je comprends un peu la langue.
3. **Droit naturel** : loi de la nature.

fruit de sa victoire. Mais, messieurs, vous ne voudriez pas manger vos amis. Vous croyez aller mettre un jésuite en broche, et c'est votre défenseur, c'est l'ennemi de vos ennemis que vous allez rôtir. Pour moi, je suis né dans votre pays ; monsieur que vous voyez est mon maître, et, bien loin d'être jésuite, il vient de tuer un jésuite, il en porte les dépouilles[1] : voilà le sujet de votre méprise. Pour vérifier ce que je vous dis, prenez sa robe, portez-la à la première barrière du royaume de Los Padres ; informez-vous si mon maître n'a pas tué un officier jésuite. Il vous faudra peu de temps ; vous pourrez toujours nous manger si vous trouvez que je vous ai menti. Mais, si je vous ai dit la vérité, vous connaissez trop les principes du droit public, les mœurs et les lois, pour ne nous pas faire grâce. »

Les Oreillons trouvèrent ce discours très raisonnable ; ils députèrent[2] deux notables pour aller en diligence[3] s'informer de la vérité ; les deux députés s'acquittèrent de leur commission en gens d'esprit, et revinrent bientôt apporter de bonnes nouvelles. Les Oreillons délièrent leurs deux prisonniers, leur firent toutes sortes de civilités, leur offrirent des filles, leur donnèrent des rafraîchissements, et les reconduisirent jusqu'aux confins de leurs États, en criant avec allégresse : « Il n'est point jésuite, il n'est point jésuite ! »

Candide ne se lassait point d'admirer le sujet de sa délivrance. « Quel peuple ! disait-il, quels hommes ! quelles mœurs ! Si je n'avais pas eu le bonheur de donner un grand coup d'épée au travers du corps du frère de Mlle Cunégonde, j'étais mangé sans rémission. Mais, après tout, la pure nature est bonne, puisque ces gens-ci, au lieu de me manger, m'ont fait mille honnêtetés[4] dès qu'ils ont su que je n'étais pas jésuite. »

1. **Dépouilles** : habits.
2. **Députèrent** : envoyèrent comme représentants.
3. **En diligence** : rapidement.
4. **Honnêtetés** : civilités, politesses.

Arrêt sur lecture 2

Pour comprendre l'essentiel

Un voyage mouvementé

❶ Après avoir été chassé du château de Thunder-ten-tronckh, Candide fait de nombreux voyages. Dans les chapitres 2 à 16, dressez la liste des lieux traversés par le héros et déterminez la durée des différents épisodes de son périple.

❷ Coïncidences et rebondissements émaillent le conte : Candide retrouve Pangloss au chapitre 4 et Cunégonde au chapitre 7. Montrez comment les récits de leurs aventures modifient l'ordre de la narration et enrichissent la fiction.

❸ Les chapitres 8, 11 et 12 racontent, sous la forme de récits enchâssés, l'histoire de Cunégonde et celle de la vieille. En étudiant le schéma narratif et la temporalité de ces récits, dites en quoi ils constituent des voyages dans le voyage, et expliquez leur fonction dans la narration.

La découverte du mal

❹ Les horreurs se succèdent dans les chapitres 3 à 13. Déterminez celles qui relèvent de ce que Voltaire appelle le mal physique (catastrophes naturelles, maladies) et expliquez en quoi elles contredisent les théories de Pangloss.

Arrêt sur lecture 2

❺ Pour Voltaire, le mal moral se traduit par les fléaux dont l'homme est à l'origine : guerre, intolérance, exploitation des humains. Relevez un exemple de chacun de ces fléaux dans les chapitres 3 à 15 et montrez que leur accumulation contribue à accélérer la fuite de Candide.

❻ Candide a grandi dans un paradis illusoire et se retrouve soudain confronté à la dure réalité. Dans les chapitres 2 à 6, relevez les termes qui décrivent ses réactions face aux horreurs du monde et montrez en quoi ces épreuves le font progressivement évoluer.

Le regard critique de Voltaire

❼ Candide est enrôlé dans l'armée bulgare et assiste à une « boucherie héroïque » (p. 22). Comparez la description de la guerre dans le chapitre 3 à la gravure reproduite au verso de la couverture. Puis relevez les procédés qui permettent à Voltaire d'exprimer l'indignation que suscite chez lui la guerre.

❽ Au cours de ses aventures, Candide découvre les méfaits de la religion et de la superstition. Montrez comment Voltaire dénonce de manière implicite la collusion qui existe entre le pouvoir et la religion.

> *Rappelez-vous !*
>
> • Au cours de son périple, Candide rencontre le **mal sous toutes ses formes**. Le **mal physique** vient de la nature : vérole de Pangloss (chap. 4), naufrage, tremblement de terre de Lisbonne (chap. 5). Le **mal moral** est causé par l'homme : guerre entre les Bulgares et les Abares (chap. 3), obscurantisme religieux (chap. 6), exploitation des hommes (chap. 16) et des femmes (chap. 8, 11 et 12). La découverte de ces maux porte peu à peu Candide à remettre en question les théories optimistes de Pangloss.
>
> • L'**ironie** est une forme d'**argumentation indirecte** qui consiste à dire le contraire de ce que l'on pense afin de critiquer ou de dénoncer des personnes, des institutions ou des idées en en soulignant les défauts. Les principaux procédés stylistiques de l'ironie sont l'**antiphrase**, la **litote** et la **périphrase**. Voltaire, à travers le regard candide de son héros, expose ainsi de manière ironique des situations révoltantes telles que la violence de la guerre ou les pratiques arbitraires de l'Inquisition.

Candide

Vers l'oral du Bac

Analyse du chapitre 6, l. 1-36, p. 31-33

☛ Montrer en quoi l'ironie est une arme efficace pour dénoncer les méfaits de la superstition

Conseils pour la lecture à voix haute

– Vous lirez les deux premiers paragraphes sur un ton neutre, et non pathétique, afin de rendre compte de l'ironie froide de Voltaire.
– Le troisième paragraphe en revanche peut être lu sur un ton légèrement pathétique pour traduire la détresse et les doutes de Candide.

Analyse du texte

■ *Introduction rédigée*

Au cours de son voyage, Candide a retrouvé Pangloss. Ils débarquent tous deux à Lisbonne où vient d'avoir lieu un tremblement de terre. Le titre du chapitre 6 est éloquent : « Comment on fit un bel auto-da-fé pour empêcher les tremblements de terre, et comment Candide fut fessé. » L'autodafé dont il est question est probablement une allusion à celui qui eut réellement lieu à Lisbonne le 20 juin 1756. Voltaire s'en prend ici à l'Inquisition, un tribunal ecclésiastique fondé au Moyen Âge et chargé de condamner les hérétiques. À la lecture de ce chapitre, le lecteur ne peut qu'être frappé par le décalage entre le ton humoristique employé et le caractère tragique de la scène évoquée. Voltaire utilise une arme redoutable pour porter sa critique de l'obscurantisme religieux : l'ironie. Nous en étudierons les procédés à la fin de notre exposé, après avoir montré le caractère absurde de cet autodafé, puis analysé le choix des victimes expiatoires de cette cérémonie.

Arrêt sur lecture 2

■ *Analyse guidée*

I. Une cérémonie absurde

a. L'autodafé est organisé pour empêcher un nouveau tremblement de terre. Relevez les expressions employées pour désigner cet autodafé et montrez en quoi elles sont comiques.

b. La cérémonie de l'autodafé obéit à une mise en scène précise. Identifiez ses différentes étapes et observez les décalages entre la description de la cérémonie et la nature réelle du châtiment.

c. Malgré la pendaison de Pangloss, du Biscayen et des deux hommes, la terre tremble de nouveau à Lisbonne. En vous appuyant sur la construction des phrases et les figures de style, montrez comment Voltaire souligne l'absurdité de ce « bel autodafé ».

II. Victimes et châtiments

a. Les victimes choisies pour empêcher un autre tremblement de terre sont un Biscayen, deux Portugais, Pangloss et Candide. Précisez les raisons de ce choix, et montrez que le rapport entre la nature de leurs « crimes » et les châtiments infligés est disproportionné.

b. Dans les lignes 1 à 25, les châtiments sont précisément décrits : les condamnés sont fouettés, pendus, brûlés. En vous appuyant sur le rythme des phrases, analysez comment Voltaire a su rendre compte de la rapidité de l'exécution et de l'arbitraire de la punition.

c. Après avoir été fouetté, Candide resta « épouvanté, interdit, éperdu, tout sanglant, tout palpitant » (p. 32). Relevez les procédés employés dans le troisième paragraphe pour décrire la réaction de Candide, et montrez que le jeune homme subit son sort passivement.

III. La critique voltairienne

a. La description de l'autodafé est en apparence élogieuse, mais en réalité très ironique. Étudiez les périphrases et les euphémismes qui évoquent le cachot des condamnés ainsi que les adjectifs qui caractérisent la cérémonie. Montrez comment ces procédés ironiques soulignent le caractère tragique de la scène.

b. Après avoir subi son châtiment, Candide est « fessé, absous et béni » (p. 33). Indiquez le champ lexical et la figure de style employés dans cette phrase, et analysez comment Voltaire passe ici d'une critique de l'Inquisition à une violente dénonciation de l'obscurantisme.

c. Candide expose ses doutes dans le troisième paragraphe. En analysant la construction des phrases et les types de phrase employés, étudiez comment Voltaire cherche à provoquer l'indignation de son lecteur.

■ Conclusion rédigée

L'absurdité de cet autodafé est démontrée en trois paragraphes. Toutefois, cette cérémonie serait seulement absurde si elle ne faisait également des victimes innocentes dans une sorte de sacrifice expiatoire. C'est ce scandale que dénonce Voltaire en prenant pour arme l'ironie, dont les procédés introduisent un décalage entre la tonalité humoristique et la scène tragique qui est évoquée. Cette apparente légèreté masque l'indignation de Voltaire, sentiment qu'il tente de susciter également chez son lecteur. À cet égard, l'ironie est plus efficace qu'une argumentation directe, didactique et pesante, car elle joue sur la connivence qui se crée entre l'auteur et le lecteur. Ce dernier doit adhérer aux idées de Voltaire pour comprendre ce qui est implicite dans le texte. Il doit savoir lire entre les lignes de *Candide* pour traduire les antiphrases et les oxymores, et comprendre à quel moment l'auteur dit le contraire de ce qu'il pense pour mieux dénoncer la pensée de ses ennemis. L'ironie oblige ainsi le lecteur à être actif et à collaborer à l'élaboration du sens de l'œuvre.

Les trois questions de l'examinateur

Question 1. Comparez la description de la cérémonie de l'autodafé dans le chapitre 6 de *Candide* à la gravure reproduite au verso de la couverture, en début d'ouvrage.

Question 2. En vous appuyant sur les textes que vous avez étudiés en classe et sur vos lectures personnelles, vous identifierez les différentes tonalités que les écrivains des Lumières ont employées pour critiquer l'obscurantisme religieux.

Question 3. Existe-t-il, de nos jours, des formes d'obscurantisme religieux qui auraient pu être dénoncées par l'ironie voltairienne ?

Chapitre 17

Arrivée de Candide et de son valet au pays d'Eldorado[1] et ce qu'ils y virent

Quand ils furent aux frontières des Oreillons : « Vous voyez, dit Cacambo à Candide, que cet hémisphère-ci ne vaut pas mieux que l'autre : croyez-moi, retournons en Europe par le plus court.
– Comment y retourner ? dit Candide, et où aller ? Si je vais dans mon pays, les Bulgares et les Abares y égorgent tout ; si je retourne en Portugal, j'y suis brûlé ; si nous restons dans ce pays-ci, nous risquons à tout moment d'être mis en broche. Mais comment se résoudre à quitter la partie du monde que Mlle Cunégonde habite ?

– Tournons vers la Cayenne[2], dit Cacambo : nous y trouverons des Français, qui vont par tout le monde ; ils pourront nous aider. Dieu aura peut-être pitié de nous. »

Il n'était pas facile d'aller à la Cayenne : ils savaient bien à peu près de quel côté il fallait marcher ; mais des montagnes, des fleuves, des précipices, des brigands, des sauvages, étaient partout de terribles obstacles. Leurs chevaux moururent de fatigue ; leurs provisions furent consumées[3] ; ils se nourrirent un mois entier de fruits sauvages, et se trouvèrent enfin auprès d'une petite rivière bordée de cocotiers, qui soutinrent leur vie et leurs espérances.

Cacambo, qui donnait toujours d'aussi bons conseils que la vieille, dit à Candide : « Nous n'en pouvons plus, nous avons assez

1. **Eldorado** : *El Dorado*, en espagnol, « le [pays] doré ».
2. **La Cayenne** : colonie française en Amérique du Sud.
3. **Consumées** : consommées.

marché ; j'aperçois un canot vide sur le rivage, emplissons-le de cocos, jetons-nous dans cette petite barque, laissons-nous aller au courant ; une rivière mène toujours à quelque endroit habité. Si nous ne trouvons pas des choses agréables, nous trouverons du moins des choses nouvelles. – Allons, dit Candide, recommandons-nous à la Providence. »

Ils voguèrent quelques lieues entre des bords tantôt fleuris, tantôt arides, tantôt unis, tantôt escarpés. La rivière s'élargissait toujours ; enfin elle se perdait sous une voûte de rochers épouvantables qui s'élevaient jusqu'au ciel. Les deux voyageurs eurent la hardiesse de s'abandonner aux flots sous cette voûte. Le fleuve, resserré en cet endroit, les porta avec une rapidité et un bruit horrible. Au bout de vingt-quatre heures ils revirent le jour ; mais leur canot se fracassa contre les écueils ; il fallut se traîner de rocher en rocher pendant une lieue entière ; enfin ils découvrirent un horizon immense, bordé de montagnes inaccessibles. Le pays était cultivé pour le plaisir comme pour le besoin ; partout l'utile était agréable. Les chemins étaient couverts ou plutôt ornés de voitures d'une forme et d'une matière brillante, portant des hommes et des femmes d'une beauté singulière, traînés rapidement par de gros moutons rouges[1] qui surpassaient en vitesse les plus beaux chevaux d'Andalousie, de Tétuan et de Méquinez[2].

« Voilà pourtant, dit Candide, un pays qui vaut mieux que la Westphalie. » Il mit pied à terre avec Cacambo auprès du premier village qu'il rencontra. Quelques enfants du village, couverts de brocarts d'or tout déchirés, jouaient au palet à l'entrée du bourg ; nos deux hommes de l'autre monde s'amusèrent à les regarder : leurs palets étaient d'assez larges pièces rondes, jaunes, rouges, vertes, qui jetaient un éclat singulier. Il prit envie aux voyageurs d'en ramasser quelques-uns ; c'était de l'or, c'était des émeraudes, des rubis, dont le moindre aurait été le plus grand ornement du

1. **Gros moutons rouges** : lamas.
2. **Tétuan, Méquinez** : Tétouan et Meknès, villes du Maroc.

trône du Mogol[1]. « Sans doute, dit Cacambo, ces enfants sont les fils du roi du pays qui jouent au petit palet. » Le magister du village parut dans ce moment pour les faire rentrer à l'école. « Voilà, dit Candide, le précepteur de la famille royale. »

Les petits gueux quittèrent aussitôt le jeu, en laissant à terre leurs palets et tout ce qui avait servi à leurs divertissements. Candide les ramasse, court au précepteur, et les lui présente humblement, lui faisant entendre par signes que Leurs Altesses Royales avaient oublié leur or et leurs pierreries. Le magister du village, en souriant, les jeta par terre, regarda un moment la figure de Candide avec beaucoup de surprise, et continua son chemin.

Les voyageurs ne manquèrent pas de ramasser l'or, les rubis et les émeraudes. « Où sommes-nous ? s'écria Candide ; il faut que les enfants des rois de ce pays soient bien élevés, puisqu'on leur apprend à mépriser l'or et les pierreries. » Cacambo était aussi surpris que Candide. Ils approchèrent enfin de la première maison du village ; elle était bâtie comme un palais d'Europe. Une foule de monde s'empressait à la porte, et encore plus dans le logis. Une musique très agréable se faisait entendre, et une odeur délicieuse de cuisine se faisait sentir. Cacambo s'approcha de la porte, et entendit qu'on parlait péruvien ; c'était sa langue maternelle : car tout le monde sait que Cacambo était né au Tucuman, dans un village où l'on ne connaissait que cette langue. « Je vous servirai d'interprète, dit-il à Candide ; entrons, c'est ici un cabaret. »

Aussitôt deux garçons et deux filles de l'hôtellerie, vêtus de drap d'or, et les cheveux renoués avec des rubans, les invitent à se mettre à la table de l'hôte. On servit quatre potages garnis chacun de deux perroquets, un contour[2] bouilli qui pesait deux cents livres, deux singes rôtis d'un goût excellent, trois cents colibris dans un plat, et six cents oiseaux-mouches dans un autre ; des ragoûts exquis, des

1. Mogol : souverain de l'Empire mogol qui s'étendait de la Chine à l'Europe orientale.
2. Contour : condor, grand vautour.

Candide

pâtisseries délicieuses ; le tout dans des plats d'une espèce de cristal de roche. Les garçons et les filles de l'hôtellerie versaient plusieurs liqueurs faites de canne de sucre.

Les convives étaient pour la plupart des marchands et des voituriers, tous d'une politesse extrême, qui firent quelques questions à Cacambo avec la discrétion la plus circonspecte[1], et qui répondirent aux siennes d'une manière à le satisfaire.

Quand le repas fut fini, Cacambo crut, ainsi que Candide, bien payer son écot en jetant sur la table de l'hôte deux de ces larges pièces d'or qu'il avait ramassées ; l'hôte et l'hôtesse éclatèrent de rire, et se tinrent longtemps les côtés. Enfin ils se remirent : « Messieurs, dit l'hôte, nous voyons bien que vous êtes des étrangers ; nous ne sommes pas accoutumés à en voir. Pardonnez-nous si nous nous sommes mis à rire quand vous nous avez offert en payement les cailloux de nos grands chemins. Vous n'avez pas sans doute de la monnaie du pays, mais il n'est pas nécessaire d'en avoir pour dîner ici. Toutes les hôtelleries établies pour la commodité du commerce sont payées par le gouvernement. Vous avez fait mauvaise chère ici, parce que c'est un pauvre village ; mais partout ailleurs vous serez reçus comme vous méritez de l'être. » Cacambo expliquait à Candide tous les discours de l'hôte, et Candide les écoutait avec la même admiration et le même égarement que son ami Cacambo les rendait. « Quel est donc ce pays, disaient-ils l'un et l'autre, inconnu à tout le reste de la terre, et où toute la nature est d'une espèce si différente de la nôtre ? C'est probablement le pays où tout va bien ; car il faut absolument qu'il y en ait de cette espèce. Et, quoi qu'en dît maître Pangloss, je me suis souvent aperçu que tout allait assez mal en Westphalie. »

1. **Circonspecte** : réservée.

Chapitre 18

Ce qu'ils virent dans le pays d'Eldorado

Cacambo témoigna à son hôte toute sa curiosité ; l'hôte lui dit : « Je suis fort ignorant, et je m'en trouve bien ; mais nous avons ici un vieillard retiré de la cour, qui est le plus savant homme du royaume, et le plus communicatif. » Aussitôt il mène Cacambo chez le vieillard. Candide ne jouait plus que le second personnage, et accompagnait son valet. Ils entrèrent dans une maison fort simple, car la porte n'était que d'argent, et les lambris[1] des appartements n'étaient que d'or, mais travaillés avec tant de goût que les plus riches lambris ne l'effaçaient pas. L'antichambre n'était à la vérité incrustée que de rubis et d'émeraudes ; mais l'ordre dans lequel tout était arrangé réparait bien cette extrême simplicité.

Le vieillard reçut les deux étrangers sur un sopha matelassé de plumes de colibri, et leur fit présenter des liqueurs dans des vases de diamant ; après quoi il satisfit à leur curiosité en ces termes :

« Je suis âgé de cent soixante et douze ans, et j'ai appris de feu mon père[2], écuyer du roi, les étonnantes révolutions du Pérou dont il avait été témoin. Le royaume où nous sommes est l'ancienne patrie des Incas, qui en sortirent très imprudemment pour aller subjuguer[3] une partie du monde, et qui furent enfin détruits par les Espagnols.

« Les princes de leur famille qui restèrent dans leur pays natal furent plus sages ; ils ordonnèrent, du consentement de la nation, qu'aucun habitant ne sortirait jamais de notre petit royaume ; et c'est ce qui nous a conservé notre innocence et notre félicité. Les Espagnols ont eu une connaissance confuse de ce pays, ils l'ont

1. **Lambris** : décorations murales.
2. **Feu mon père** : mon père qui est mort.
3. **Subjuguer** : dominer, conquérir.

appelé El Dorado, et un Anglais, nommé le chevalier Raleigh[1], en a même approché il y a environ cent années ; mais, comme nous sommes entourés de rochers inabordables et de précipices, nous avons toujours été jusqu'à présent à l'abri de la rapacité des nations de l'Europe, qui ont une fureur[2] inconcevable pour les cailloux et pour la fange[3] de notre terre, et qui, pour en avoir, nous tueraient tous jusqu'au dernier. »

La conversation fut longue ; elle roula sur la forme du gouvernement, sur les mœurs, sur les femmes, sur les spectacles publics, sur les arts. Enfin Candide, qui avait toujours du goût pour la métaphysique, fit demander par Cacambo si dans le pays il y avait une religion.

Le vieillard rougit un peu. « Comment donc, dit-il, en pouvez-vous douter ? Est-ce que vous nous prenez pour des ingrats ? » Cacambo demanda humblement quelle était la religion d'Eldorado. Le vieillard rougit encore. « Est-ce qu'il peut y avoir deux religions ? dit-il ; nous avons, je crois, la religion de tout le monde : nous adorons Dieu du soir jusqu'au matin. – N'adorez-vous qu'un seul Dieu ? dit Cacambo, qui servait toujours d'interprète aux doutes de Candide. – Apparemment, dit le vieillard, qu'il n'y en a ni deux, ni trois, ni quatre. Je vous avoue que les gens de votre monde font des questions bien singulières. » Candide ne se lassait pas de faire interroger ce bon vieillard ; il voulut savoir comment on priait Dieu dans l'Eldorado. « Nous ne le prions point, dit le bon et respectable sage ; nous n'avons rien à lui demander ; il nous a donné tout ce qu'il nous faut ; nous le remercions sans cesse. » Candide eut la curiosité de voir des prêtres ; il fit demander où ils étaient. Le bon vieillard sourit. « Mes amis, dit-il, nous sommes tous prêtres ; le roi et tous les chefs de famille chantent des cantiques d'actions de grâces solennellement tous les matins ; et cinq ou six mille musiciens les accompagnent.

1. Walter Raleigh (1552-1618) : navigateur anglais qui explora l'Amazonie en 1596.
2. Fureur : passion folle.
3. Fange : boue.

– Quoi ! vous n'avez point de moines qui enseignent, qui disputent, qui gouvernent, qui cabalent¹, et qui font brûler les gens qui ne sont pas de leur avis ? – Il faudrait que nous fussions fous, dit le vieillard ; nous sommes tous ici du même avis, et nous n'entendons pas ce que vous voulez dire avec vos moines. » Candide à tous ces discours demeurait en extase, et disait en lui-même : « Ceci est bien différent de la Westphalie et du château de monsieur le baron : si notre ami Pangloss avait vu Eldorado, il n'aurait plus dit que le château de Thunder-ten-tronckh était ce qu'il y avait de mieux sur la terre ; il est certain qu'il faut voyager. »

Après cette longue conversation, le bon vieillard fit atteler un carrosse à six moutons, et donna douze de ses domestiques aux deux voyageurs pour les conduire à la cour : « Excusez-moi, leur dit-il, si mon âge me prive de l'honneur de vous accompagner. Le roi vous recevra d'une manière dont vous ne serez pas mécontents, et vous pardonnerez sans doute aux usages du pays s'il y en a quelques-uns qui vous déplaisent. »

Candide et Cacambo montent en carrosse ; les six moutons volaient, et en moins de quatre heures on arriva au palais du roi, situé à un bout de la capitale. Le portail était de deux cent vingt pieds de haut et de cent de large² ; il est impossible d'exprimer quelle en était la matière. On voit assez quelle supériorité prodigieuse elle devait avoir sur ces cailloux et sur ce sable que nous nommons *or* et *pierreries*.

Vingt belles filles de la garde reçurent Candide et Cacambo à la descente du carrosse, les conduisirent aux bains, les vêtirent de robes d'un tissu de duvet de colibri ; après quoi les grands officiers et les grandes officières de la couronne les menèrent à l'appartement de Sa Majesté, au milieu de deux files chacune de mille musiciens, selon l'usage ordinaire. Quand ils approchèrent de la

1. Cabalent : complotent.
2. Deux cent vingt pieds de haut et cent de large : 70 mètres de haut et 30 mètres de large environ.

salle du trône, Cacambo demanda à un grand officier comment il fallait s'y prendre pour saluer Sa Majesté ; si on se jetait à genoux ou ventre à terre ; si on mettait les mains sur la tête ou sur le derrière ; si on léchait la poussière de la salle ; en un mot, quelle était la cérémonie. « L'usage, dit le grand officier, est d'embrasser le roi et de le baiser des deux côtés. » Candide et Cacambo sautèrent au cou de Sa Majesté, qui les reçut avec toute la grâce imaginable et qui les pria poliment à souper.

En attendant, on leur fit voir la ville, les édifices publics élevés jusqu'aux nues[1], les marchés ornés de mille colonnes, les fontaines d'eau pure, les fontaines d'eau rose, celles de liqueurs de canne de sucre, qui coulaient continuellement dans de grandes places, pavées d'une espèce de pierreries qui répandaient une odeur semblable à celle du gérofle[2] et de la cannelle. Candide demanda à voir la cour de justice, le parlement ; on lui dit qu'il n'y en avait point, et qu'on ne plaidait jamais. Il s'informa s'il y avait des prisons, et on lui dit que non. Ce qui le surprit davantage, et qui lui fit le plus de plaisir, ce fut le palais des sciences, dans lequel il vit une galerie de deux mille pas, toute pleine d'instruments de mathématique et de physique.

Après avoir parcouru, toute l'après-dînée, à peu près la millième partie de la ville, on les ramena chez le roi. Candide se mit à table entre Sa Majesté, son valet Cacambo et plusieurs dames. Jamais on ne fit meilleure chère, et jamais on n'eut plus d'esprit à souper qu'en eut Sa Majesté. Cacambo expliquait les bons mots du roi à Candide, et quoique traduits, ils paraissaient toujours des bons mots. De tout ce qui étonnait Candide, ce n'était pas ce qui l'étonna le moins.

Ils passèrent un mois dans cet hospice[3]. Candide ne cessait de dire à Cacambo : « Il est vrai, mon ami, encore une fois, que le

1. Nues : nuages.
2. Gérofle : clou de girofle.
3. Hospice : lieu où l'on offre l'hospitalité, lieu accueillant.

château où je suis né ne vaut pas le pays où nous sommes ; mais enfin Mlle Cunégonde n'y est pas, et vous avez sans doute quelque maîtresse en Europe. Si nous restons ici, nous n'y serons que comme les autres ; au lieu que si nous retournons dans notre monde seulement avec douze moutons chargés de cailloux d'Eldorado, nous serons plus riches que tous les rois ensemble, nous n'aurons plus d'inquisiteurs à craindre, et nous pourrons aisément reprendre Mlle Cunégonde. »

Ce discours plut à Cacambo : on aime tant à courir, à se faire valoir chez les siens, à faire parade[1] de ce qu'on a vu dans ses voyages, que les deux heureux résolurent de ne plus l'être et de demander leur congé à Sa Majesté.

« Vous faites une sottise, leur dit le roi ; je sais bien que mon pays est peu de chose ; mais, quand on est passablement[2] quelque part, il faut y rester ; je n'ai pas assurément le droit de retenir des étrangers ; c'est une tyrannie qui n'est ni dans nos mœurs, ni dans nos lois : tous les hommes sont libres ; partez quand vous voudrez, mais la sortie est bien difficile. Il est impossible de remonter la rivière rapide sur laquelle vous êtes arrivés par miracle, et qui court sous des voûtes de rochers. Les montagnes qui entourent tout mon royaume ont dix mille pieds[3] de hauteur, et sont droites comme des murailles ; elles occupent chacune en largeur un espace de plus de dix lieues[4] ; on ne peut en descendre que par des précipices. Cependant, puisque vous voulez absolument partir, je vais donner ordre aux intendants des machines d'en faire une qui puisse vous transporter commodément. Quand on vous aura conduits au revers[5] des montagnes, personne ne pourra vous accompagner ; car mes sujets ont fait vœu de ne jamais sortir de leur enceinte, et ils sont trop sages pour rompre leur vœu. Demandez-moi d'ailleurs tout

1. **À faire parade** : à exhiber.
2. **Passablement** : à l'aise.
3. **Dix mille pieds** : 3 000 mètres environ.
4. **Dix lieues** : 40 kilomètres environ.
5. **Au revers** : de l'autre côté.

ce qu'il vous plaira. – Nous ne demandons à Votre Majesté, dit Cacambo, que quelques moutons chargés de vivres, de cailloux, et de la boue du pays. » Le roi rit. « Je ne conçois pas, dit-il, quel goût vos gens d'Europe ont pour notre boue jaune ; mais emportez-en tant que vous voudrez, et grand bien vous fasse. »

Il donna l'ordre sur-le-champ à ses ingénieurs de faire une machine pour guinder[1] ces deux hommes extraordinaires hors du royaume. Trois mille bons physiciens y travaillèrent ; elle fut prête au bout de quinze jours, et ne coûta pas plus de vingt millions de livres sterling, monnaie du pays. On mit sur la machine Candide et Cacambo ; il y avait deux grands moutons rouges sellés et bridés pour leur servir de monture quand ils auraient franchi les montagnes, vingt moutons de bât[2] chargés de vivres, trente qui portaient des présents de ce que le pays a de plus curieux, et cinquante chargés d'or, de pierreries et de diamants. Le roi embrassa tendrement les deux vagabonds.

Ce fut un beau spectacle que leur départ, et la manière ingénieuse dont ils furent hissés, eux et leurs moutons, au haut des montagnes. Les physiciens prirent congé d'eux après les avoir mis en sûreté, et Candide n'eut plus d'autre désir et d'autre objet que d'aller présenter ses moutons à Mlle Cunégonde. « Nous avons, dit-il, de quoi payer le gouverneur de Buenos-Ayres, si Mlle Cunégonde peut être mise à prix. Marchons vers la Cayenne, embarquons-nous, et nous verrons ensuite quel royaume nous pourrons acheter. »

1. **Guinder** : hisser, soulever avec un câble.
2. **De bât** : destinés à porter des charges.

Chapitre 19

Ce qui leur arriva à Surinam[1], et comment Candide fit connaissance avec Martin

La première journée de nos deux voyageurs fut assez agréable. Ils étaient encouragés par l'idée de se voir possesseurs de plus de trésors que l'Asie, l'Europe et l'Afrique n'en pouvaient rassembler. Candide, transporté, écrivit le nom de Cunégonde sur les arbres. À la seconde journée deux de leurs moutons s'enfoncèrent dans des marais, et y furent abîmés[2] avec leurs charges ; deux autres moutons moururent de fatigue quelques jours après ; sept ou huit périrent ensuite de faim dans un désert ; d'autres tombèrent au bout de quelques jours dans des précipices. Enfin, après cent jours de marche, il ne leur resta que deux moutons. Candide dit à Cacambo : « Mon ami, vous voyez comme les richesses de ce monde sont périssables ; il n'y a rien de solide que la vertu et le bonheur de revoir Mlle Cunégonde. – Je l'avoue, dit Cacambo ; mais il nous reste encore deux moutons avec plus de trésors que n'en aura jamais le roi d'Espagne, et je vois de loin une ville que je soupçonne être Surinam, appartenant aux Hollandais. Nous sommes au bout de nos peines et au commencement de notre félicité. »

En approchant de la ville, ils rencontrèrent un nègre étendu par terre, n'ayant plus que la moitié de son habit, c'est-à-dire d'un caleçon de toile bleue ; il manquait à ce pauvre homme la jambe gauche et la main droite. « Eh, mon Dieu ! lui dit Candide en hollandais, que fais-tu là, mon ami, dans l'état horrible où je te vois ? – J'attends mon maître, M. Vanderdendur, le fameux négociant, répondit le nègre. – Est-ce M. Vanderdendur, dit Candide, qui t'a

1. Surinam : colonie hollandaise située en Amérique du Sud.
2. Abîmés : engloutis.

traité ainsi ? – Oui, monsieur, dit le nègre, c'est l'usage. On nous donne un caleçon de toile pour tout vêtement deux fois l'année. Quand nous travaillons aux sucreries, et que la meule nous attrape le doigt, on nous coupe la main ; quand nous voulons nous enfuir, on nous coupe la jambe : je me suis trouvé dans les deux cas. C'est à ce prix que vous mangez du sucre en Europe. Cependant, lorsque ma mère me vendit dix écus patagons[1] sur la côte de Guinée[2], elle me disait : "Mon cher enfant, bénis nos fétiches[3], adore-les toujours, ils te feront vivre heureux, tu as l'honneur d'être esclave de nos seigneurs les blancs, et tu fais par là la fortune de ton père et de ta mère." Hélas ! je ne sais pas si j'ai fait leur fortune, mais ils n'ont pas fait la mienne. Les chiens, les singes et les perroquets sont mille fois moins malheureux que nous. Les fétiches hollandais[4] qui m'ont converti me disent tous les dimanches que nous sommes tous enfants d'Adam, blancs et noirs. Je ne suis pas généalogiste ; mais si ces prêcheurs disent vrai, nous sommes tous cousins issus de germains. Or vous m'avouerez qu'on ne peut pas en user avec ses parents d'une manière plus horrible.

– Ô Pangloss ! s'écria Candide, tu n'avais pas deviné cette abomination ; c'en est fait, il faudra qu'à la fin je renonce à ton optimisme. – Qu'est-ce qu'optimisme ? disait Cacambo. – Hélas ! dit Candide, c'est la rage de soutenir que tout est bien quand on est mal. » Et il versait des larmes en regardant son nègre, et en pleurant il entra dans Surinam.

La première chose dont ils s'informent, c'est s'il n'y a point au port quelque vaisseau qu'on pût envoyer à Buenos-Ayres. Celui à qui ils s'adressèrent était justement un patron espagnol, qui s'offrit à faire avec eux un marché honnête. Il leur donna rendez-vous dans un cabaret. Candide et le fidèle Cacambo allèrent l'y attendre avec leurs deux moutons.

1. **Écus patagons** : monnaie espagnole.
2. **Sur la côte de Guinée** : sur la côte de l'Afrique de l'Ouest.
3. **Fétiches** : objets sacrés.
4. **Fétiches hollandais** : pasteurs hollandais.

Candide, qui avait le cœur sur les lèvres, conta à l'Espagnol toutes ses aventures, et lui avoua qu'il voulait enlever Mlle Cunégonde. « Je me garderai bien de vous passer à Buenos-Ayres, dit le patron : je serais pendu et vous aussi. La belle Cunégonde est la maîtresse favorite de monseigneur. » Ce fut un coup de foudre pour Candide ; il pleura longtemps ; enfin il tira à part Cacambo : « Voici, mon cher ami, lui dit-il, ce qu'il faut que tu fasses. Nous avons chacun dans nos poches pour cinq ou six millions de diamants ; tu es plus habile que moi ; va prendre Mlle Cunégonde à Buenos-Ayres. Si le gouverneur fait quelques difficultés, donne-lui un million ; s'il ne se rend pas, donne-lui-en deux ; tu n'as point tué d'inquisiteur, on ne se défiera point de toi. J'équiperai[1] un autre vaisseau ; j'irai t'attendre à Venise ; c'est un pays libre où l'on n'a rien à craindre ni des Bulgares, ni des Abares, ni des Juifs, ni des inquisiteurs. » Cacambo applaudit à cette sage résolution. Il était au désespoir de se séparer d'un bon maître, devenu son ami intime ; mais le plaisir de lui être utile l'emporta sur la douleur de le quitter. Ils s'embrassèrent en versant des larmes. Candide lui recommanda de ne point oublier la bonne vieille. Cacambo partit dès le jour même : c'était un très bon homme que ce Cacambo.

Candide resta encore quelque temps à Surinam, et attendit qu'un autre patron voulût le mener en Italie, lui et les deux moutons qui lui restaient. Il prit des domestiques, et acheta tout ce qui lui était nécessaire pour un long voyage ; enfin M. Vanderdendur, maître d'un gros vaisseau, vint se présenter à lui. « Combien voulez-vous, demanda-t-il à cet homme, pour me mener en droiture[2] à Venise, moi, mes gens, mon bagage, et les deux moutons que voilà ? » Le patron s'accorda à dix mille piastres[3]. Candide n'hésita pas.

« Oh ! oh ! dit à part soi le prudent Vanderdendur, cet étranger donne dix mille piastres tout d'un coup ! il faut qu'il soit bien riche. »

1. **J'équiperai** : j'embarquerai sur.
2. **En droiture** : directement.
3. **Piastres** : monnaie espagnole.

Puis, revenant un moment après, il signifia qu'il ne pouvait partir à moins de vingt mille. « Eh bien ! vous les aurez », dit Candide.

« Ouais ! se dit tout bas le marchand, cet homme donne vingt mille piastres aussi aisément que dix mille. » Il revint encore, et dit qu'il ne pouvait le conduire à Venise à moins de trente mille piastres. « Vous en aurez donc trente mille », répondit Candide.

« Oh ! oh ! se dit encore le marchand hollandais, trente mille piastres ne coûtent rien à cet homme-ci ; sans doute les deux moutons portent des trésors immenses ; n'insistons pas davantage : faisons-nous d'abord payer les trente mille piastres, et puis nous verrons. » Candide vendit deux petits diamants, dont le moindre valait plus que tout l'argent que demandait le patron. Il le paya d'avance. Les deux moutons furent embarqués. Candide suivait dans un petit bateau pour joindre le vaisseau à la rade ; le patron prend son temps, met à la voile, démarre ; le vent le favorise. Candide, éperdu et stupéfait, le perd bientôt de vue. « Hélas ! cria-t-il, voilà un tour digne de l'ancien monde. » Il retourne au rivage, abîmé[1] dans la douleur ; car enfin il avait perdu de quoi faire la fortune de vingt monarques.

Il se transporte chez le juge hollandais ; et comme il était un peu troublé, il frappe rudement à la porte ; il entre, expose son aventure, et crie un peu plus haut qu'il ne convenait. Le juge commença par lui faire payer dix mille piastres pour le bruit qu'il avait fait. Ensuite il l'écouta patiemment, lui promit d'examiner son affaire sitôt que le marchand serait revenu, et se fit payer dix mille autres piastres pour les frais de l'audience.

Ce procédé acheva de désespérer Candide ; il avait à la vérité essuyé des malheurs mille fois plus douloureux ; mais le sang-froid du juge, et celui du patron dont il était volé, alluma sa bile[2], et le plongea dans une noire mélancolie. La méchanceté des hommes se présentait à son esprit dans toute sa laideur ; il ne se nourrissait que d'idées tristes. Enfin, un vaisseau français étant sur le point de

1. **Abîmé** : plongé.
2. **Bile** : colère.

partir pour Bordeaux, comme il n'avait plus de moutons chargés de diamants à embarquer, il loua une chambre du vaisseau à juste prix, et fit signifier dans la ville qu'il payerait le passage, la nourriture, et donnerait deux mille piastres à un honnête homme qui voudrait faire le voyage avec lui, à condition que cet homme serait le plus dégoûté de son état et le plus malheureux de la province.

Il se présenta une foule de prétendants qu'une flotte n'aurait pu contenir. Candide voulant choisir entre les plus apparents[1], il distingua une vingtaine de personnes qui lui paraissaient assez sociables, et qui toutes prétendaient mériter la préférence. Il les assembla dans son cabaret, et leur donna à souper, à condition que chacun ferait serment de raconter fidèlement son histoire, promettant de choisir celui qui lui paraîtrait le plus à plaindre et le plus mécontent de son état à plus juste titre, et de donner aux autres quelques gratifications.

La séance dura jusqu'à quatre heures du matin. Candide, en écoutant toutes leurs aventures, se ressouvenait de ce que lui avait dit la vieille en allant à Buenos-Ayres, et de la gageure[2] qu'elle avait faite, qu'il n'y avait personne sur le vaisseau à qui il ne fût arrivé de très grands malheurs. Il songeait à Pangloss à chaque aventure qu'on lui contait. « Ce Pangloss, disait-il, serait bien embarrassé à démontrer son système. Je voudrais qu'il fût ici. Certainement, si tout va bien, c'est dans Eldorado, et non pas dans le reste de la terre. » Enfin il se détermina en faveur d'un pauvre savant qui avait travaillé dix ans pour les libraires d'Amsterdam. Il jugea qu'il n'y avait point de métier au monde dont on dût être plus dégoûté.

Ce savant, qui était d'ailleurs un bon homme, avait été volé par sa femme, battu par son fils, et abandonné de sa fille qui s'était fait enlever par un Portugais. Il venait d'être privé d'un petit emploi duquel il subsistait[3]; et les prédicants[4] de Surinam le persécutaient

1. Apparents : remarquables.
2. Gageure : pari.
3. Duquel il subsistait : dont il vivait.
4. Prédicants : prêcheurs.

parce qu'ils le prenaient pour un socinien[1]. Il faut avouer que les autres étaient pour le moins aussi malheureux que lui ; mais Candide espérait que le savant le désennuierait dans le voyage. Tous ses autres rivaux trouvèrent que Candide leur faisait une grande injustice ; mais il les apaisa en leur donnant à chacun cent piastres.

Chapitre 20
Ce qui arriva sur mer à Candide et à Martin

Le vieux savant, qui s'appelait Martin, s'embarqua donc pour Bordeaux avec Candide. L'un et l'autre avaient beaucoup vu et beaucoup souffert ; et quand le vaisseau aurait dû faire voile de Surinam au Japon par le cap de Bonne-Espérance, ils auraient eu de quoi s'entretenir du mal moral et du mal physique pendant tout le voyage.

Cependant Candide avait un grand avantage sur Martin, c'est qu'il espérait toujours revoir Mlle Cunégonde, et que Martin n'avait rien à espérer ; de plus, il avait de l'or et des diamants ; et, quoiqu'il eût perdu cent gros moutons rouges chargés des plus grands trésors de la terre, quoiqu'il eût toujours sur le cœur la friponnerie du patron hollandais, cependant, quand il songeait à ce qui lui restait dans ses poches, et quand il parlait de Cunégonde, surtout à la fin du repas, il penchait alors pour le système de Pangloss.

« Mais vous, monsieur Martin, dit-il au savant, que pensez-vous de tout cela ? Quelle est votre idée sur le mal moral et le mal physique ? – Monsieur, répondit Martin, mes prêtres m'ont accusé d'être

1. Socinien : disciple de Socin (1525-1662), protestant qui croyait en Dieu mais niait la divinité du Christ.

socinien ; mais la vérité du fait est que je suis manichéen[1]. – Vous vous moquez de moi, dit Candide, il n'y a plus de manichéens dans le monde. – Il y a moi, dit Martin ; je ne sais qu'y faire, mais je ne peux penser autrement. – Il faut que vous ayez le diable au corps, dit Candide. – Il se mêle si fort des affaires de ce monde, dit Martin, qu'il pourrait bien être dans mon corps, comme partout ailleurs ; mais je vous avoue qu'en jetant la vue sur ce globe, ou plutôt sur ce globule[2], je pense que Dieu l'a abandonné à quelque être malfaisant ; j'en excepte toujours Eldorado. Je n'ai guère vu de ville qui ne désirât la ruine de la ville voisine, point de famille qui ne voulût exterminer quelque autre famille. Partout les faibles ont en exécration les puissants devant lesquels ils rampent, et les puissants les traitent comme des troupeaux dont on vend la laine et la chair. Un million d'assassins enrégimentés, courant d'un bout de l'Europe à l'autre, exerce le meurtre et le brigandage avec discipline pour gagner son pain, parce qu'il n'a pas de métier plus honnête ; et dans les villes qui paraissent jouir de la paix et où les arts fleurissent, les hommes sont dévorés de plus d'envie, de soins[3] et d'inquiétudes qu'une ville assiégée n'éprouve de fléaux. Les chagrins secrets sont encore plus cruels que les misères publiques. En un mot, j'en ai tant vu, et tant éprouvé, que je suis manichéen.

– Il y a pourtant du bon, répliquait Candide. – Cela peut être, disait Martin, mais je ne le connais pas.

Au milieu de cette dispute[4], on entendit un bruit de canon. Le bruit redouble de moment en moment. Chacun prend sa lunette. On aperçoit deux vaisseaux qui combattaient à la distance d'environ trois milles[5] ; le vent les amena l'un et l'autre si près du vaisseau français qu'on eut le plaisir de voir le combat tout à son aise. Enfin

1. Manichéen : disciple de Mani (216-274), philosophe perse qui explique le monde par l'opposition de deux principes, le Bien et le Mal.
2. Globule : minuscule globe.
3. Soins : soucis.
4. Dispute : débat.
5. Trois milles : 4 kilomètres environ.

l'un des deux vaisseaux lâcha à l'autre une bordée[1] si bas et si juste qu'il le coula à fond. Candide et Martin aperçurent distinctement une centaine d'hommes sur le tillac du vaisseau qui s'enfonçait ; ils levaient tous les mains au ciel et jetaient des clameurs effroyables ; en un moment tout fut englouti.

« Eh bien ! dit Martin, voilà comme les hommes se traitent les uns les autres. – Il est vrai, dit Candide, qu'il y a quelque chose de diabolique dans cette affaire. » En parlant ainsi, il aperçut je ne sais quoi d'un rouge éclatant qui nageait auprès de son vaisseau. On détacha la chaloupe pour voir ce que ce pouvait être ; c'était un de ses moutons. Candide eut plus de joie de retrouver ce mouton qu'il n'avait été affligé d'en perdre cent tous chargés de gros diamants d'Eldorado.

Le capitaine français aperçut bientôt que le capitaine du vaisseau submergeant était espagnol, et que celui du vaisseau submergé était un pirate hollandais ; c'était celui-là même qui avait volé Candide. Les richesses immenses dont ce scélérat s'était emparé furent ensevelies avec lui dans la mer, et il n'y eut qu'un mouton de sauvé. « Vous voyez, dit Candide à Martin, que le crime est puni quelquefois ; ce coquin de patron hollandais a eu le sort qu'il méritait. – Oui, dit Martin, mais fallait-il que les passagers qui étaient sur son vaisseau périssent aussi ? Dieu a puni ce fripon, le diable a noyé les autres. »

Cependant le vaisseau français et l'espagnol continuèrent leur route, et Candide continua ses conversations avec Martin. Ils disputèrent quinze jours de suite, et au bout de quinze jours ils étaient aussi avancés que le premier. Mais enfin ils parlaient, ils se communiquaient des idées, ils se consolaient. Candide caressait son mouton. « Puisque je t'ai retrouvé, dit-il, je pourrai bien retrouver Cunégonde. »

1. Bordée : salve de tous les canons du même bord d'un navire.

Chapitre 21

Candide et Martin approchent des côtes de France et raisonnent

On aperçut enfin les côtes de France. « Avez-vous jamais été en France, monsieur Martin ? dit Candide. – Oui, dit Martin, j'ai parcouru plusieurs provinces. Il y en a où la moitié des habitants est folle, quelques-unes où l'on est trop rusé, d'autres où l'on est communément assez doux et assez bête, d'autres où l'on fait le bel esprit ; et dans toutes, la principale occupation est l'amour, la seconde de médire, et la troisième de dire des sottises. – Mais, monsieur Martin, avez-vous vu Paris ? – Oui, j'ai vu Paris ; il tient de toutes ces espèces-là ; c'est un chaos, c'est une presse[1] dans laquelle tout le monde cherche le plaisir, et où presque personne ne le trouve, du moins à ce qu'il m'a paru. J'y ai séjourné peu ; j'y fus volé, en arrivant, de tout ce que j'avais, par des filous, à la foire Saint-Germain ; on me prit moi-même pour un voleur, et je fus huit jours en prison ; après quoi je me fis correcteur d'imprimerie pour gagner de quoi retourner à pied en Hollande. Je connus la canaille écrivante, la canaille cabalante, et la canaille convulsionnaire[2]. On dit qu'il y a des gens fort polis dans cette ville-là ; je le veux croire.

– Pour moi, je n'ai nulle curiosité de voir la France, dit Candide ; vous devinez aisément que, quand on a passé un mois dans Eldorado, on ne se soucie plus de rien voir sur la terre que Mlle Cunégonde ; je vais l'attendre à Venise ; nous traverserons la France pour aller en

1. Presse : foule, cohue.
2. La canaille écrivante : les journalistes et les hommes de lettres ; **la canaille cabalante** : les religieux (ici, les jésuites dont les controverses et débats religieux étaient appelés « cabales ») ; **la canaille convulsionnaire** : les jansénistes (les fanatiques jansénistes se mettaient en état de transe au cimetière parisien de l'église Saint-Médard devant la tombe réputée miraculeuse de François de Pâris. Ces convulsions collectives furent interdites en 1732).

Italie ; ne m'accompagnerez-vous pas ? – Très volontiers, dit Martin ; on dit que Venise n'est bonne que pour les nobles Vénitiens, mais que cependant on y reçoit très bien les étrangers quand ils ont beaucoup d'argent ; je n'en ai point, vous en avez, je vous suivrai partout. – À propos, dit Candide, pensez-vous que la terre ait été originairement une mer, comme on l'assure dans ce gros livre qui appartient au capitaine du vaisseau ? – Je n'en crois rien du tout, dit Martin, non plus que de toutes les rêveries qu'on nous débite depuis quelque temps. – Mais à quelle fin ce monde a-t-il donc été formé ? dit Candide. – Pour nous faire enrager, répondit Martin. – N'êtes-vous pas bien étonné, continua Candide, de l'amour que ces deux filles du pays des Oreillons avaient pour ces deux singes, et dont je vous ai conté l'aventure ? – Point du tout, dit Martin ; je ne vois pas ce que cette passion a d'étrange ; j'ai tant vu de choses extraordinaires, qu'il n'y a plus rien d'extraordinaire. – Croyez-vous, dit Candide, que les hommes se soient toujours mutuellement massacrés comme ils font aujourd'hui ? qu'ils aient toujours été menteurs, fourbes, perfides, ingrats, brigands, faibles, volages, lâches, envieux, gourmands, ivrognes, avares, ambitieux, sanguinaires, calomniateurs, débauchés, fanatiques, hypocrites et sots ? – Croyez-vous, dit Martin, que les éperviers aient toujours mangé des pigeons quand ils en ont trouvé ? – Oui, sans doute, dit Candide. – Eh bien ! dit Martin, si les éperviers ont toujours eu le même caractère, pourquoi voulez-vous que les hommes aient changé le leur ? – Oh ! dit Candide, il y a bien de la différence, car le libre arbitre[1]... » En raisonnant ainsi, ils arrivèrent à Bordeaux.

1. **Libre arbitre** : volonté libre, pouvoir de choisir par soi-même.

Chapitre 22

Ce qui arriva en France à Candide et à Martin

Candide ne s'arrêta dans Bordeaux qu'autant de temps qu'il en fallait pour vendre quelques cailloux du Dorado, et pour s'accommoder d'une bonne chaise[1] à deux places ; car il ne pouvait plus se passer de son philosophe Martin. Il fut seulement très fâché de se séparer de son mouton, qu'il laissa à l'Académie des sciences de Bordeaux, laquelle proposa pour le sujet du prix de cette année de trouver pourquoi la laine de ce mouton était rouge ; et le prix fut adjugé à un savant du Nord, qui démontra par A plus B, moins C, divisé par Z, que le mouton devait être rouge, et mourir de la clavelée[2].

Cependant tous les voyageurs que Candide rencontra dans les cabarets de la route lui disaient : « Nous allons à Paris. » Cet empressement général lui donna enfin l'envie de voir cette capitale ; ce n'était pas beaucoup se détourner du chemin de Venise.

Il entra par le faubourg Saint-Marceau[3], et crut être dans le plus vilain village de la Westphalie.

À peine Candide fut-il dans son auberge qu'il fut attaqué d'une maladie légère causée par ses fatigues. Comme il avait au doigt un diamant énorme, et qu'on avait aperçu dans son équipage une cassette[4] prodigieusement pesante, il eut aussitôt auprès de lui deux médecins qu'il n'avait pas mandés, quelques amis intimes qui ne le quittèrent pas, et deux dévotes[5] qui faisaient chauffer ses bouillons. Martin disait : « Je me souviens d'avoir été malade aussi à Paris dans

1. **Chaise** : voiture.
2. **Clavelée** : maladie des moutons.
3. Quartier misérable de Paris.
4. **Dans son équipage une cassette** : parmi ses bagages un petit coffre.
5. **Dévotes** : dames pieuses, dévouées aux pratiques religieuses.

mon premier voyage ; j'étais fort pauvre : aussi n'eus-je ni amis, ni dévotes, ni médecins, et je guéris. »

Cependant, à force de médecines et de saignées, la maladie de Candide devint sérieuse. Un habitué du quartier vint avec douceur lui demander un billet payable au porteur pour l'autre monde[1], Candide n'en voulut rien faire. Les dévotes l'assurèrent que c'était une nouvelle mode ; Candide répondit qu'il n'était point homme à la mode. Martin voulut jeter l'habitué par les fenêtres. Le clerc[2] jura qu'on n'enterrerait point Candide. Martin jura qu'il enterrerait le clerc s'il continuait à les importuner. La querelle s'échauffa ; Martin le prit par les épaules et le chassa rudement ; ce qui causa un grand scandale, dont on fit un procès-verbal.

Candide guérit ; et pendant sa convalescence il eut très bonne compagnie à souper chez lui. On jouait gros jeu. Candide était tout étonné que jamais les as ne lui vinssent ; et Martin ne s'en étonnait pas.

Parmi ceux qui lui faisaient les honneurs de la ville, il y avait un petit abbé périgourdin, l'un de ces gens empressés, toujours alertes, toujours serviables, effrontés, caressants, accommodants, qui guettent les étrangers à leur passage, leur content l'histoire scandaleuse de la ville, et leur offrent des plaisirs à tout prix. Celui-ci mena d'abord Candide et Martin à la comédie[3]. On y jouait une tragédie nouvelle. Candide se trouva placé auprès de quelques beaux esprits. Cela ne l'empêcha pas de pleurer à des scènes jouées parfaitement. Un des raisonneurs qui étaient à ses côtés lui dit dans un entracte : « Vous avez grand tort de pleurer : cette actrice est fort mauvaise ; l'acteur qui joue avec elle est plus mauvais acteur encore ; la pièce est encore plus mauvaise que les acteurs ; l'auteur ne sait pas un mot d'arabe,

1. Billet payable au porteur pour l'autre monde : jeu de mots entre deux expressions. Le billet au porteur désignait un billet de reconnaissance de dettes ; le billet de confession était un certificat de confession permettant à un mourant catholique d'avoir des obsèques religieuses.
2. Clerc : ecclésiastique.
3. À la comédie : au théâtre.

et cependant la scène est en Arabie ; et, de plus, c'est un homme qui ne croit pas aux idées innées[1] : je vous apporterai demain vingt brochures contre lui. – Monsieur, combien avez-vous de pièces de théâtre en France ? » dit Candide à l'abbé ; lequel répondit : « Cinq ou six mille. – C'est beaucoup, dit Candide ; combien y en a-t-il de bonnes ? – Quinze ou seize, répliqua l'autre. – C'est beaucoup », dit Martin.

Candide fut très content d'une actrice qui faisait la reine Élisabeth dans une assez plate tragédie que l'on joue quelquefois. « Cette actrice, dit-il à Martin, me plaît beaucoup ; elle a un faux air de Mlle Cunégonde ; je serais bien aise de la saluer. » L'abbé périgourdin s'offrit à l'introduire chez elle. Candide, élevé en Allemagne, demanda quelle était l'étiquette[2], et comment on traitait en France les reines d'Angleterre. « Il faut distinguer, dit l'abbé ; en province, on les mène au cabaret ; à Paris, on les respecte quand elles sont belles, et on les jette à la voirie quand elles sont mortes. – Des reines à la voirie ! dit Candide. – Oui vraiment, dit Martin ; monsieur l'abbé a raison : j'étais à Paris quand Mlle Monime[3] passa, comme on dit, de cette vie à l'autre ; on lui refusa ce que ces gens-ci appellent *les honneurs de la sépulture*, c'est-à-dire de pourrir avec tous les gueux du quartier dans un vilain cimetière ; elle fut enterrée toute seule de sa bande[4] au coin de la rue de Bourgogne ; ce qui dut lui faire une peine extrême, car elle pensait très noblement. – Cela est bien impoli, dit Candide. – Que voulez-vous ? dit Martin ; ces gens-ci sont ainsi faits. Imaginez toutes les contradictions, toutes les incompatibilités possibles, vous les verrez dans le gouvernement, dans les tribunaux, dans les églises, dans les spectacles de cette drôle de nation. – Est-il vrai qu'on rit toujours à Paris ? dit Candide. – Oui,

1. Idées innées : idées que l'on a dès la naissance, antérieures à toute expérience.
2. Étiquette : coutumes de cérémonie et de politesse dans une cour.
3. Mlle Monime : Adrienne Lecouvreur (1692-1730) joua le personnage de Monime dans *Mithridate* de Racine (1673). Elle mourut sans sépulture chrétienne, parce qu'elle était comédienne (l'Église interdisait les sépultures chrétiennes aux comédiens).
4. Toute seule de sa bande : à l'écart.

dit l'abbé, mais c'est en enrageant ; car on s'y plaint de tout avec de grands éclats de rire ; et même on y fait en riant les actions les plus détestables.

– Quel est, dit Candide, ce gros cochon qui me disait tant de mal de la pièce où j'ai tant pleuré et des acteurs qui m'ont fait tant de plaisir ? – C'est un mal vivant, répondit l'abbé, qui gagne sa vie à dire du mal de toutes les pièces et de tous les livres ; il hait quiconque réussit, comme les eunuques haïssent les jouissants : c'est un de ces serpents de la littérature qui se nourrissent de fange et de venin ; c'est un folliculaire[1]. – Qu'appelez-vous folliculaire ? dit Candide. – C'est, dit l'abbé, un faiseur de feuilles, un *Fréron*[2]. »

C'est ainsi que Candide, Martin et le Périgourdin raisonnaient sur l'escalier, en voyant défiler le monde au sortir de la pièce. « Quoique je sois très empressé de revoir Mlle Cunégonde, dit Candide, je voudrais pourtant souper avec Mlle Clairon[3] ; car elle m'a paru admirable. »

L'abbé n'était pas homme à approcher de Mlle Clairon, qui ne voyait que bonne compagnie. « Elle est engagée pour ce soir, dit-il ; mais j'aurai l'honneur de vous mener chez une dame de qualité, et là vous connaîtrez Paris comme si vous y aviez été quatre ans. »

Candide, qui était naturellement curieux, se laissa mener chez la dame, au fond du faubourg Saint-Honoré ; on y était occupé d'un pharaon[4] ; douze tristes pontes[5] tenaient chacun en main un petit livre de cartes, registre cornu de leurs infortunes. Un profond silence régnait, la pâleur était sur le front des pontes, l'inquiétude sur celui du banquier, et la dame du logis, assise auprès de ce banquier impitoyable, remarquait avec des yeux de lynx tous les parolis, tous les

1. Folliculaire : mauvais journaliste, littéralement « faiseur de feuilles » (mot inventé par Voltaire).
2. Élie Fréron (1718-1776) : journaliste, rédacteur de la revue *L'Année Littéraire*, adversaire des philosophes des Lumières et de Voltaire.
3. Mlle Clairon (1723-1803) : comédienne qui joua dans les tragédies de Voltaire.
4. Pharaon : jeu de cartes.
5. Pontes : joueurs.

sept-et-le-va de campagne[1], dont chaque joueur cornait ses cartes ; elle les faisait décorner avec une attention sévère mais polie, et ne se fâchait point, de peur de perdre ses pratiques[2] : la dame se faisait appeler la marquise de Parolignac. Sa fille, âgée de quinze ans, était au nombre des pontes et avertissait d'un clin d'œil des friponneries de ces pauvres gens, qui tâchaient de réparer les cruautés du sort. L'abbé périgourdin, Candide et Martin entrèrent ; personne ne se leva, ni les salua, ni les regarda ; tous étaient profondément occupés de leurs cartes. « Madame la baronne de Thunder-ten-tronckh était plus civile », dit Candide.

Cependant l'abbé s'approcha de l'oreille de la marquise, qui se leva à moitié, honora Candide d'un sourire gracieux, et Martin d'un air de tête tout à fait noble ; elle fit donner un siège et un jeu de cartes à Candide, qui perdit cinquante mille francs en deux tailles[3] ; après quoi on soupa très gaiement, et tout le monde était étonné que Candide ne fût pas ému de sa perte ; les laquais disaient entre eux, dans leur langage de laquais : « Il faut que ce soit quelque milord anglais. »

Le souper fut comme la plupart des soupers de Paris : d'abord du silence, ensuite un bruit de paroles qu'on ne distingue point, puis des plaisanteries dont la plupart sont insipides, de fausses nouvelles, de mauvais raisonnements, un peu de politique et beaucoup de médisance ; on parla même de livres nouveaux. « Avez-vous lu, dit l'abbé périgourdin, le roman du sieur Gauchat[4], docteur en théologie ? – Oui, répondit un des convives, mais je n'ai pu l'achever. Nous avons une foule d'écrits impertinents, mais tous ensemble n'approchent pas de l'impertinence de Gauchat, docteur en théologie ; je suis si rassasié de cette immensité de détestables livres qui nous inondent que je me suis mis à ponter au pharaon. – Et les

1. **Parolis, sept-et-le-va de campagne** : vocabulaire du jeu du pharaon.
2. **Pratiques** : clients.
3. **Tailles** : parties de pharaon.
4. **Abbé Gauchat** (1709-1774) : adversaire des philosophes des Lumières.

Mélanges de l'archidiacre T...[1], qu'en dites-vous ? dit l'abbé. – Ah ! dit Mme de Parolignac, l'ennuyeux mortel ! comme il vous dit curieusement[2] tout ce que le monde sait ! comme il discute pesamment ce qui ne vaut pas la peine d'être remarqué légèrement ! comme il s'approprie sans esprit l'esprit des autres ! comme il gâte ce qu'il pille ! comme il me dégoûte ! Mais il ne me dégoûtera plus : c'est assez d'avoir lu quelques pages de l'archidiacre. »

Il y avait à table un homme savant et de goût qui appuya ce que disait la marquise. On parla ensuite de tragédies ; la dame demanda pourquoi il y avait des tragédies qu'on jouait quelquefois, et qu'on ne pouvait lire. L'homme de goût expliqua très bien comment une pièce pouvait avoir quelque intérêt et n'avoir presque aucun mérite ; il prouva en peu de mots que ce n'était pas assez d'amener une ou deux de ces situations qu'on trouve dans tous les romans, et qui séduisent toujours les spectateurs, mais qu'il faut être neuf sans être bizarre, souvent sublime, et toujours naturel ; connaître le cœur humain et le faire parler ; être grand poète sans que jamais aucun personnage de la pièce paraisse poète ; savoir parfaitement sa langue, la parler avec pureté, avec une harmonie continue, sans que jamais la rime coûte rien au sens. « Quiconque, ajouta-t-il, n'observe pas toutes ces règles peut faire une ou deux tragédies applaudies au théâtre, mais il ne sera jamais compté au rang des bons écrivains ; il y a très peu de bonnes tragédies ; les unes sont des idylles[3] en dialogues bien écrits et bien rimés ; les autres, des raisonnements politiques qui endorment, ou des amplifications qui rebutent ; les autres, des rêves d'énergumène, en style barbare, des propos interrompus, de longues apostrophes aux dieux, parce qu'on ne sait point parler aux hommes, des maximes fausses, des lieux communs ampoulés[4]. »

1. ***Mélanges* de l'archidiacre T...** : recueil d'écrits de l'abbé Trublet (1697-1770), académicien et ecclésiastique, adversaire de Voltaire.
2. Curieusement : en détail.
3. Idylles : poèmes d'amour.
4. Lieux communs ampoulés : banalités prétentieuses et emphatiques.

Candide écouta ce propos avec attention, et conçut une grande idée du discoureur ; et, comme la marquise avait eu soin de le placer à côté d'elle, il s'approcha de son oreille, et prit la liberté de lui demander qui était cet homme qui parlait si bien. « C'est un savant, dit la dame, qui ne ponte[1] point, et que l'abbé m'amène quelquefois à souper ; il se connaît parfaitement en tragédies et en livres, et il a fait une tragédie sifflée et un livre dont on n'a jamais vu hors de la boutique de son libraire qu'un exemplaire qu'il m'a dédié. – Le grand homme ! dit Candide ; c'est un autre Pangloss. »

Alors, se tournant vers lui, il lui dit : « Monsieur, vous pensez sans doute que tout est au mieux dans le monde physique et dans le moral, et que rien ne pouvait être autrement ? – Moi, monsieur, lui répondit le savant, je ne pense rien de tout cela : je trouve que tout va de travers chez nous ; que personne ne sait ni quel est son rang, ni quelle est sa charge, ni ce qu'il fait, ni ce qu'il doit faire, et qu'excepté le souper, qui est assez gai et où il paraît assez d'union, tout le reste du temps se passe en querelles impertinentes : jansénistes contre molinistes[2], gens du parlement contre gens d'église, gens de lettres contre gens de lettres, courtisans contre courtisans, financiers contre le peuple, femmes contre maris, parents contre parents ; c'est une guerre éternelle. »

Candide lui répliqua : « J'ai vu pis. Mais un sage, qui depuis a eu le malheur d'être pendu, m'apprit que tout cela est à merveille ; ce sont des ombres à un beau tableau. – Votre pendu se moquait du monde, dit Martin ; vos ombres sont des taches horribles. – Ce sont les hommes qui font les taches, dit Candide, et ils ne peuvent pas s'en dispenser. – Ce n'est donc pas leur faute », dit Martin. La plupart des pontes, qui n'entendaient rien à ce langage, buvaient ; et Martin raisonna avec le savant, et Candide raconta une partie de ses aventures à la dame du logis.

1. Ponte : joue, parie, mise.
2. Jansénistes : disciples de Jansénius (1585-1638) croyant à la prédestination ; **molinistes** : jésuites, disciples de Molina (1536-1600). Partisans de la théorie du libre arbitre par opposition aux jansénistes (le libre arbitre modifiant la prédestination).

Après soupé, la marquise mena Candide dans son cabinet et le fit asseoir sur un canapé. « Eh bien ! lui dit-elle, vous aimez donc toujours éperdument Mlle Cunégonde de Thunder-ten-tronckh ? – Oui, madame », répondit Candide. La marquise lui répliqua avec un souris[1] tendre : « Vous me répondez comme un jeune homme de Westphalie ; un Français m'aurait dit : "Il est vrai que j'ai aimé Mlle Cunégonde ; mais en vous voyant, madame, je crains de ne la plus aimer." – Hélas ! madame, dit Candide, je répondrai comme vous voudrez. – Votre passion pour elle, dit la marquise, a commencé en ramassant son mouchoir ; je veux que vous ramassiez ma jarretière. – De tout mon cœur », dit Candide ; et il la ramassa. « Mais je veux que vous me la remettiez », dit la dame ; et Candide la lui remit. « Voyez-vous, dit la dame, vous êtes étranger, je fais quelquefois languir mes amants de Paris quinze jours, mais je me rends à vous dès la première nuit, parce qu'il faut faire les honneurs de son pays à un jeune homme de Westphalie. » La belle, ayant aperçu deux énormes diamants aux deux mains de son jeune étranger, les loua de si bonne foi que des doigts de Candide ils passèrent aux doigts de la marquise.

Candide, en s'en retournant avec son abbé périgourdin, sentit quelques remords d'avoir fait une infidélité à Mlle Cunégonde ; monsieur l'abbé entra dans sa peine ; il n'avait qu'une légère part aux cinquante mille livres perdues au jeu par Candide, et à la valeur des deux brillants moitié donnés, moitié extorqués. Son dessein était de profiter, autant qu'il le pourrait, des avantages que la connaissance de Candide pouvait lui procurer. Il lui parla beaucoup de Cunégonde ; et Candide lui dit qu'il demanderait bien pardon à cette belle de son infidélité, quand il la verrait à Venise.

Le Périgourdin redoublait de politesse et d'attentions, et prenait un intérêt tendre à tout ce que Candide disait, à tout ce qu'il faisait, à tout ce qu'il voulait faire.

1. **Souris** : sourire.

Chapitre 22

« Vous avez donc, monsieur, lui dit-il, un rendez-vous à Venise ? – Oui, monsieur l'abbé, dit Candide ; il faut absolument que j'aille trouver Mlle Cunégonde. » Alors, engagé par le plaisir de parler de ce qu'il aimait, il conta, selon son usage, une partie de ses aventures avec cette illustre Westphalienne.

« Je crois, dit l'abbé, que Mlle Cunégonde a bien de l'esprit, et qu'elle écrit des lettres charmantes ? – Je n'en ai jamais reçu, dit Candide ; car figurez-vous qu'ayant été chassé du château pour l'amour d'elle, je ne pus lui écrire ; que bientôt après j'appris qu'elle était morte, qu'ensuite je la retrouvai, et que je la perdis, et que je lui ai envoyé à deux mille cinq cents lieues[1] d'ici un exprès[2] dont j'attends la réponse. »

L'abbé écoutait attentivement, et paraissait un peu rêveur. Il prit bientôt congé des deux étrangers, après les avoir tendrement embrassés. Le lendemain Candide reçut à son réveil une lettre conçue en ces termes :

Monsieur, mon très cher amant, il y a huit jours que je suis malade en cette ville ; j'apprends que vous y êtes. Je volerais dans vos bras si je pouvais remuer. J'ai su votre passage à Bordeaux ; j'y ai laissé le fidèle Cacambo et la vieille, qui doivent bientôt me suivre. Le gouverneur de Buenos-Ayres a tout pris, mais il me reste votre cœur. Venez, votre présence me rendra la vie, ou me fera mourir de plaisir.

Cette lettre charmante, cette lettre inespérée, transporta Candide d'une joie inexprimable ; et la maladie de sa chère Cunégonde l'accabla de douleur. Partagé entre ces deux sentiments, il prend son or et ses diamants, et se fait conduire avec Martin à l'hôtel où Mlle Cunégonde demeurait. Il entre en tremblant d'émotion, son cœur palpite, sa voix sanglote ; il veut ouvrir les rideaux du lit, il veut faire apporter de la lumière. « Gardez-vous-en bien, lui dit la suivante, la lumière la tue » ; et soudain elle referme le rideau. « Ma chère Cunégonde, dit Candide en pleurant, comment vous

1. Deux mille cinq cents lieues : 1 000 kilomètres environ.
2. Exprès : lettre portée par un messager.

portez-vous ? si vous ne pouvez me voir, parlez-moi du moins. – Elle ne peut parler », dit la suivante. La dame alors tire du lit une main potelée que Candide arrose longtemps de ses larmes, et qu'il remplit ensuite de diamants, en laissant un sac plein d'or sur le fauteuil.

Au milieu de ses transports arrive un exempt[1] suivi de l'abbé périgourdin et d'une escouade[2]. « Voilà donc, dit-il, ces deux étrangers suspects ? » Il les fait incontinent[3] saisir, et ordonne à ses braves de les traîner en prison. « Ce n'est pas ainsi qu'on traite les voyageurs dans le Dorado, dit Candide. – Je suis plus manichéen que jamais, dit Martin. – Mais, monsieur, où nous menez-vous ? dit Candide. – Dans un cul de basse-fosse[4] », dit l'exempt.

Martin, ayant repris son sang-froid, jugea que la dame qui se prétendait Cunégonde était une friponne, monsieur l'abbé périgourdin un fripon qui avait abusé au plus vite de l'innocence de Candide, et l'exempt un autre fripon dont on pouvait aisément se débarrasser.

Plutôt que de s'exposer aux procédures de la justice, Candide, éclairé par son conseil, et d'ailleurs toujours impatient de revoir la véritable Cunégonde, propose à l'exempt trois petits diamants d'environ trois mille pistoles chacun. « Ah ! monsieur, lui dit l'homme au bâton d'ivoire, eussiez-vous commis tous les crimes imaginables, vous êtes le plus honnête homme du monde ; trois diamants ! chacun de trois mille pistoles ! Monsieur ! je me ferais tuer pour vous, au lieu de vous mener dans un cachot. On arrête tous les étrangers, mais laissez-moi faire ; j'ai un frère à Dieppe en Normandie, je vais vous y mener ; et si vous avez quelque diamant à lui donner, il aura soin de vous comme moi-même.

– Et pourquoi arrête-t-on tous les étrangers ? » dit Candide. L'abbé périgourdin prit alors la parole et dit : « C'est parce qu'un gueux

1. **Exempt** : officier de police.
2. **Escouade** : troupe de gendarmes.
3. **Incontinent** : immédiatement.
4. **Cul de basse-fosse** : cachot.

Chapitre 22

du pays d'Atrébatie¹ a entendu dire des sottises² : cela seul lui a fait commettre un parricide, non pas tel que celui de 1610 au mois de mai, mais tel que celui de 1594³ au mois de décembre, et tel que plusieurs autres commis dans d'autres années et dans d'autres mois par d'autres gueux qui avaient entendu dire des sottises. »

L'exempt alors expliqua de quoi il s'agissait. « Ah, les monstres ! s'écria Candide ; quoi ! de telles horreurs chez un peuple qui danse et qui chante ! Ne pourrai-je sortir au plus vite de ce pays où des singes agacent des tigres ? J'ai vu des ours dans mon pays ; je n'ai vu des hommes que dans le Dorado. Au nom de Dieu, monsieur l'exempt, menez-moi à Venise, où je dois attendre Mlle Cunégonde. – Je ne peux vous mener qu'en Basse-Normandie », dit le barigel⁴. Aussitôt il lui fait ôter ses fers, dit qu'il s'est mépris⁵, renvoie ses gens et emmène à Dieppe Candide et Martin, et les laisse entre les mains de son frère. Il y avait un petit vaisseau hollandais à la rade. Le Normand, à l'aide de trois autres diamants, devenu le plus serviable des hommes, embarque Candide et ses gens dans le vaisseau qui allait faire voile pour Portsmouth en Angleterre. Ce n'était pas le chemin de Venise ; mais Candide croyait être délivré de l'enfer, et il comptait bien reprendre la route de Venise à la première occasion.

1. Gueux du pays d'Atrébatie : misérable du pays d'Artois. Allusion à Damiens (1715-1757), né près d'Arras (Artois), qui avait commis un attentat contre Louis XV, le 20 janvier 1757.
2. Sottises : ici, discours fanatiques contre le roi.
3. Mai 1610 : assassinat d'Henri IV par Ravaillac ; **décembre 1594** : tentative d'assassinat d'Henri IV par Jean Châtel.
4. Barigel : chef de police.
5. Mépris : trompé.

Chapitre 23

Candide et Martin vont sur les côtes d'Angleterre ; ce qu'ils y voient

« Ah, Pangloss ! Pangloss ! Ah, Martin ! Martin ! Ah, ma chère Cunégonde ! qu'est-ce que ce monde-ci ? disait Candide sur le vaisseau hollandais. – Quelque chose de bien fou et de bien abominable, répondait Martin. – Vous connaissez l'Angleterre ; y est-on aussi fou qu'en France ? – C'est une autre espèce de folie, dit Martin. Vous savez que ces deux nations sont en guerre pour quelques arpents de neige vers le Canada[1], et qu'elles dépensent pour cette belle guerre beaucoup plus que tout le Canada ne vaut. De vous dire précisément s'il y a plus de gens à lier[2] dans un pays que dans un autre, c'est ce que mes faibles lumières[3] ne me permettent pas. Je sais seulement qu'en général les gens que nous allons voir sont fort atrabilaires[4]. »

En causant ainsi ils abordèrent à Portsmouth ; une multitude de peuple couvrait le rivage, et regardait attentivement un assez gros homme qui était à genoux, les yeux bandés, sur le tillac d'un des vaisseaux de la flotte ; quatre soldats, postés vis-à-vis de cet homme, lui tirèrent chacun trois balles dans le crâne le plus paisiblement du monde, et toute l'assemblée s'en retourna extrêmement satisfaite. « Qu'est-ce donc que tout ceci ? dit Candide, et quel démon exerce partout son empire ? » Il demanda qui était ce gros homme qu'on venait de tuer en cérémonie. « C'est un amiral[5], lui répondit-on.

1. **Quelques arpents de neige vers le Canada** : la région des Grands Lacs et la vallée du Saint-Laurent pour lesquelles la France et l'Angleterre étaient en guerre.
2. **À lier** : fous à lier.
3. **Lumières** : connaissances.
4. **Atrabilaires** : mélancoliques et coléreux.
5. **Amiral** : officier de la Marine. Il s'agit d'une allusion à l'amiral John Byng (1704-1757), exécuté pour trahison sur son vaisseau, le 16 mars 1757 dans la rade de Portsmouth. Voltaire était intervenu en sa faveur, en vain.

– Et pourquoi tuer cet amiral ? – C'est, lui dit-on, parce qu'il n'a pas fait tuer assez de monde ; il a livré un combat à un amiral français, et on a trouvé qu'il n'était pas assez près de lui. – Mais, dit Candide, l'amiral français était aussi loin de l'amiral anglais que celui-ci l'était de l'autre ! – Cela est incontestable, lui répliqua-t-on ; mais dans ce pays-ci il est bon de tuer de temps en temps un amiral pour encourager les autres. »

Candide fut si étourdi et si choqué de ce qu'il voyait, et de ce qu'il entendait, qu'il ne voulut pas seulement mettre pied à terre, et qu'il fit son marché[1] avec le patron hollandais (dût-il le voler comme celui de Surinam) pour le conduire sans délai à Venise.

Le patron fut prêt au bout de deux jours. On côtoya la France ; on passa à la vue de Lisbonne, et Candide frémit. On entra dans le détroit et dans la Méditerranée ; enfin on aborda à Venise. « Dieu soit loué ! dit Candide en embrassant Martin ; c'est ici que je reverrai la belle Cunégonde. Je compte sur Cacambo comme sur moi-même. Tout est bien, tout va bien, tout va le mieux qu'il soit possible. »

Chapitre 24
De Paquette et de frère Giroflée

Dès qu'il fut à Venise, il fit chercher Cacambo dans tous les cabarets, dans tous les cafés, chez toutes les filles de joie, et ne le trouva point. Il envoyait tous les jours à la découverte de tous les vaisseaux et de toutes les barques : nulles nouvelles de Cacambo. « Quoi ! disait-il à Martin, j'ai eu le temps de passer de Surinam à Bordeaux, d'aller de Bordeaux à Paris, de Paris à Dieppe, de Dieppe à Portsmouth, de côtoyer le Portugal et l'Espagne, de traverser toute la Méditerranée,

1. Fit son marché : passa un accord.

de passer quelques mois à Venise, et la belle Cunégonde n'est point venue ! Je n'ai rencontré au lieu d'elle qu'une drôlesse et un abbé périgourdin ! Cunégonde est morte sans doute, je n'ai plus qu'à mourir. Ah ! il valait mieux rester dans le paradis du Dorado que de revenir dans cette maudite Europe. Que vous avez raison, mon cher Martin ! tout n'est qu'illusion et calamité. »

Il tomba dans une mélancolie noire, et ne prit aucune part à l'opéra *alla moda* ni aux autres divertissements du carnaval ; pas une dame ne lui donna la moindre tentation. Martin lui dit : « Vous êtes bien simple, en vérité, de vous figurer qu'un valet métis, qui a cinq ou six millions dans ses poches, ira chercher votre maîtresse au bout du monde et vous l'amènera à Venise. Il la prendra pour lui, s'il la trouve. S'il ne la trouve pas, il en prendra une autre ; je vous conseille d'oublier votre valet Cacambo et votre maîtresse Cunégonde. » Martin n'était pas consolant. La mélancolie de Candide augmenta, et Martin ne cessait de lui prouver qu'il y avait peu de vertu et peu de bonheur sur la terre, excepté peut-être dans Eldorado, où personne ne pouvait aller.

En disputant[1] sur cette matière importante, et en attendant Cunégonde, Candide aperçut un jeune théatin[2] dans la place Saint-Marc, qui tenait sous le bras une fille. Le théatin paraissait frais, potelé, vigoureux ; ses yeux étaient brillants, son air assuré, sa mine haute, sa démarche fière. La fille était très jolie et chantait ; elle regardait amoureusement son théatin, et de temps en temps lui pinçait ses grosses joues. « Vous m'avouerez du moins, dit Candide à Martin, que ces gens-ci sont heureux. Je n'ai trouvé jusqu'à présent dans toute la terre habitable, excepté dans Eldorado, que des infortunés ; mais, pour cette fille et ce théatin, je gage[3] que ce sont des créatures très heureuses. – Je gage que non, dit Martin. – Il n'y a qu'à les prier à dîner, dit Candide, et vous verrez si je me trompe. »

1. **Disputant** : discutant, débattant.
2. **Théatin** : moine italien.
3. **Gage** : parie.

Aussitôt il les aborde, il leur fait son compliment[1], et les invite à venir à son hôtellerie manger des macaronis, des perdrix de Lombardie, des œufs d'esturgeon, et à boire du vin de Montepulciano, du lacrima-christi, du chypre et du samos. La demoiselle rougit, le théatin accepta la partie, et la fille le suivit en regardant Candide avec des yeux de surprise et de confusion qui furent obscurcis de quelques larmes. À peine fut-elle entrée dans la chambre[2] de Candide qu'elle lui dit : « Eh quoi ! monsieur Candide ne reconnaît plus Paquette ! » À ces mots, Candide, qui ne l'avait pas considérée jusque-là avec attention, parce qu'il n'était occupé que de Cunégonde, lui dit : « Hélas ! ma pauvre enfant, c'est donc vous qui avez mis le docteur Pangloss dans le bel état où je l'ai vu ?

– Hélas ! monsieur, c'est moi-même, dit Paquette ; je vois que vous êtes instruit de tout. J'ai su les malheurs épouvantables arrivés à toute la maison de madame la baronne et à la belle Cunégonde. Je vous jure que ma destinée n'a guère été moins triste. J'étais fort innocente quand vous m'avez vue. Un cordelier qui était mon confesseur me séduisit aisément. Les suites en furent affreuses ; je fus obligée de sortir du château quelque temps après que monsieur le baron vous eut renvoyé à grands coups de pied dans le derrière. Si un fameux médecin n'avait pas pris pitié de moi, j'étais morte. Je fus quelque temps par reconnaissance la maîtresse de ce médecin. Sa femme, qui était jalouse à la rage, me battait tous les jours impitoyablement ; c'était une furie. Ce médecin était le plus laid de tous les hommes, et moi la plus malheureuse de toutes les créatures d'être battue continuellement pour un homme que je n'aimais pas. Vous savez, monsieur, combien il est dangereux pour une femme acariâtre d'être l'épouse d'un médecin. Celui-ci, outré des procédés de sa femme, lui donna un jour, pour la guérir d'un petit rhume, une médecine si efficace qu'elle en mourut en deux heures de temps dans des convulsions horribles. Les parents de madame intentèrent

1. Il leur fait son compliment : il les salue.
2. Chambre : appartement.

à monsieur un procès criminel ; il prit la fuite, et moi je fus mise en prison. Mon innocence ne m'aurait pas sauvée si je n'avais été un peu jolie. Le juge m'élargit[1] à condition qu'il succéderait au médecin. Je fus bientôt supplantée par une rivale, chassée sans récompense, et obligée de continuer ce métier abominable qui vous paraît si plaisant à vous autres hommes, et qui n'est pour nous qu'un abîme de misères. J'allai exercer la profession à Venise. Ah ! monsieur, si vous pouviez vous imaginer ce que c'est que d'être obligée de caresser indifféremment un vieux marchand, un avocat, un moine, un gondolier, un abbé ; d'être exposée à toutes les insultes, à toutes les avanies[2] ; d'être souvent réduite à emprunter une jupe pour aller se la faire lever par un homme dégoûtant ; d'être volée par l'un de ce qu'on a gagné avec l'autre ; d'être rançonnée par les officiers de justice, et de n'avoir en perspective qu'une vieillesse affreuse, un hôpital et un fumier[3], vous concluriez que je suis une des plus malheureuses créatures du monde. »

Paquette ouvrait ainsi son cœur au bon Candide, dans un cabinet, en présence de Martin, qui disait à Candide : « Vous voyez que j'ai déjà gagné la moitié de la gageure. »

Frère Giroflée était resté dans la salle à manger, et buvait un coup en attendant le dîner. « Mais, dit Candide à Paquette, vous aviez l'air si gai, si content, quand je vous ai rencontrée ; vous chantiez, vous caressiez le théatin avec une complaisance naturelle ; vous m'avez paru aussi heureuse que vous prétendez être infortunée. – Ah ! monsieur, répondit Paquette, c'est encore là une des misères du métier. J'ai été hier volée et battue par un officier, et il faut aujourd'hui que je paraisse de bonne humeur pour plaire à un moine. »

Candide n'en voulut pas davantage ; il avoua que Martin avait raison. On se mit à table avec Paquette et le théatin, le repas fut assez amusant, et sur la fin on se parla avec quelque confiance. « Mon

1. **M'élargit** : me libéra.
2. **Avanies** : humiliations.
3. **Fumier** : fosse de la voirie où sa dépouille sera jetée après sa mort. Elle n'aura pas droit à une sépulture car c'est une prostituée.

Père, dit Candide au moine, vous me paraissez jouir d'une destinée que tout le monde doit envier ; la fleur de la santé brille sur votre visage, votre physionomie annonce le bonheur ; vous avez une très jolie fille pour votre récréation, et vous paraissez très content de votre état de théatin.

– Ma foi, monsieur, dit frère Giroflée, je voudrais que tous les théatins fussent au fond de la mer. J'ai été tenté cent fois de mettre le feu au couvent, et d'aller me faire turc[1]. Mes parents me forcèrent à l'âge de quinze ans d'endosser cette détestable robe, pour laisser plus de fortune à un maudit frère aîné que Dieu confonde ! La jalousie, la discorde, la rage, habitent dans le couvent. Il est vrai que j'ai prêché quelques mauvais sermons qui m'ont valu un peu d'argent, dont le prieur me vole la moitié : le reste me sert à entretenir des filles ; mais, quand je rentre le soir dans le monastère, je suis prêt de me casser la tête contre les murs du dortoir ; et tous mes confrères sont dans le même cas. »

Martin se tournant vers Candide avec son sang-froid ordinaire : « Eh bien ! lui dit-il, n'ai-je pas gagné la gageure tout entière ? » Candide donna deux mille piastres à Paquette et mille piastres à frère Giroflée. « Je vous réponds, dit-il, qu'avec cela ils seront heureux. – Je n'en crois rien du tout, dit Martin ; vous les rendrez peut-être avec ces piastres beaucoup plus malheureux encore. – Il en sera ce qui pourra, dit Candide ; mais une chose me console, je vois qu'on retrouve souvent les gens qu'on ne croyait jamais retrouver ; il se pourra bien faire qu'ayant rencontré mon mouton rouge et Paquette, je rencontre aussi Cunégonde. – Je souhaite, dit Martin, qu'elle fasse un jour votre bonheur ; mais c'est de quoi je doute fort. – Vous êtes bien dur, dit Candide. – C'est que j'ai vécu, dit Martin.

– Mais regardez ces gondoliers, dit Candide ; ne chantent-ils pas sans cesse ? – Vous ne les voyez pas dans leur ménage, avec leurs femmes et leurs marmots d'enfants, dit Martin. Le doge[2] a ses chagrins,

1. **Me faire turc** : me convertir à l'islam.
2. **Doge** : gouverneur de Venise.

les gondoliers ont les leurs. Il est vrai qu'à tout prendre le sort d'un gondolier est préférable à celui d'un doge ; mais je crois la différence si médiocre que cela ne vaut pas la peine d'être examiné.

– On parle, dit Candide, du sénateur Pococuranté[1] qui demeure dans ce beau palais sur la Brenta[2], et qui reçoit assez bien les étrangers. On prétend que c'est un homme qui n'a jamais eu de chagrin.
– Je voudrais voir une espèce si rare », dit Martin. Candide aussitôt fit demander au seigneur Pococuranté la permission de venir le voir le lendemain.

Chapitre 25
Visite chez le Seigneur Pococuranté, noble vénitien

Candide et Martin allèrent en gondole sur la Brenta et arrivèrent au palais du noble Pococuranté. Les jardins étaient bien entendus[3], et ornés de belles statues de marbre ; le palais, d'une belle architecture. Le maître du logis, homme de soixante ans, fort riche, reçut très poliment les deux curieux, mais avec très peu d'empressement, ce qui déconcerta Candide et ne déplut point à Martin.

D'abord deux filles jolies et proprement mises servirent du chocolat qu'elles firent très bien mousser. Candide ne put s'empêcher de les louer sur leur beauté, sur leur bonne grâce et sur leur adresse. « Ce sont d'assez bonnes créatures, dit le sénateur Pococuranté ; je les fais quelquefois coucher dans mon lit, car je suis bien las des dames de la ville, de leurs coquetteries, de leurs jalousies, de leurs querelles, de leurs humeurs, de leurs petitesses, de leur orgueil, de

1. **Pococuranté** : en italien, « qui se soucie peu des choses ».
2. **La Brenta** : rivière vénitienne bordée de riches palais.
3. **Bien entendus** : bien dessinés.

leurs sottises, et des sonnets qu'il faut faire ou commander pour elles ; mais, après tout, ces deux filles commencent fort à m'ennuyer. »

Candide, après le déjeuner, se promenant dans une longue galerie, fut surpris de la beauté des tableaux. Il demanda de quel maître étaient les deux premiers. « Ils sont de Raphaël[1], dit le sénateur ; je les achetai fort cher par vanité il y a quelques années ; on dit que c'est ce qu'il y a de plus beau en Italie, mais ils ne me plaisent point du tout : la couleur en est très rembrunie ; les figures ne sont pas assez arrondies, et ne sortent point assez ; les draperies ne ressemblent en rien à une étoffe ; en un mot, quoi qu'on en dise, je ne trouve point là une imitation vraie de la nature. Je n'aimerai un tableau que quand je croirai voir la nature elle-même : il n'y en a point de cette espèce. J'ai beaucoup de tableaux mais je ne les regarde plus. »

Pococuranté, en attendant le dîner, se fit donner un concerto. Candide trouva la musique délicieuse. « Ce bruit, dit Pococuranté, peut amuser une demi-heure ; mais, s'il dure plus longtemps, il fatigue tout le monde, quoique personne n'ose l'avouer. La musique aujourd'hui n'est plus que l'art d'exécuter des choses difficiles, et ce qui n'est que difficile ne plaît point à la longue.

« J'aimerais peut-être mieux l'opéra, si on n'avait pas trouvé le secret d'en faire un monstre qui me révolte. Ira voir qui voudra de mauvaises tragédies en musique, où les scènes ne sont faites que pour amener, très mal à propos, deux ou trois chansons ridicules qui font valoir le gosier d'une actrice ; se pâmera de plaisir qui voudra, ou qui pourra, en voyant un châtré[2] fredonner le rôle de César et de Caton[3] et se promener d'un air gauche sur des planches ; pour moi, il y a longtemps que j'ai renoncé à ces pauvretés, qui font aujourd'hui la gloire de l'Italie, et que des souverains payent si chèrement. » Candide disputa un peu, mais avec discrétion. Martin fut entièrement de l'avis du sénateur.

1. **Raphaël** (1483-1520) : peintre italien.
2. **Châtré** : castrat.
3. **Jules César** (101-44 av. J.-C.), **Caton d'Utique** (95-46 av. J.-C.) : hommes politiques romains.

On se mit à table, et après un excellent dîner, on entra dans la bibliothèque. Candide, en voyant un Homère magnifiquement relié, loua l'illustrissime[1] sur son bon goût. « Voilà, dit-il, un livre qui faisait les délices du grand Pangloss, le meilleur philosophe de l'Allemagne. – Il ne fait pas les miennes, dit froidement Pococuranté ; on me fit accroire autrefois que j'avais du plaisir en le lisant ; mais cette répétition continuelle de combats qui se ressemblent tous, ces dieux qui agissent toujours pour ne rien faire de décisif, cette Hélène[2] qui est le sujet de la guerre, et qui à peine est une actrice de la pièce ; cette Troie qu'on assiège et qu'on ne prend point, tout cela me causait le plus mortel ennui. J'ai demandé quelquefois à des savants s'ils s'ennuyaient autant que moi à cette lecture. Tous les gens sincères m'ont avoué que le livre leur tombait des mains, mais qu'il fallait toujours l'avoir dans sa bibliothèque, comme un monument de l'antiquité, et comme ces médailles rouillées qui ne peuvent être de commerce.

– Votre Excellence ne pense pas ainsi de Virgile ? dit Candide. – Je conviens, dit Pococuranté, que le second, le quatrième et le sixième livre de son *Énéide*[3] sont excellents ; mais pour son pieux Énée, et le fort Cloanthe, et l'ami Achates, et le petit Ascanius, et l'imbécile roi Latinus, et la bourgeoise Amata, et l'insipide Lavinia[4], je ne crois pas qu'il y ait rien de si froid et de plus désagréable. J'aime mieux le Tasse et les contes à dormir debout de l'Arioste[5].

1. Illustrissime : titre du sénateur de Venise.
2. Hélène : épouse du roi grec Ménélas, enlevée par le Troyen Pâris dont elle s'éprit. Elle fut ainsi à l'origine de la guerre de Troie, sujet de *L'Iliade* d'Homère (environ VIII[e] av. J.-C.).
3. *L'Énéide* : dans cette épopée, Virgile (70-19 av. J.-C.) retrace les aventures du prince troyen Énée. Le deuxième livre décrit la chute de Troie, le quatrième raconte les amours d'Énée et de Didon, reine de Carthage, et le sixième évoque la descente aux enfers du héros.
4. Les personnages évoqués ici apparaissent dans les autres chapitres, moins intéressants selon Pococuranté, de *L'Énéide*.
5. Le Tasse (1544-1595), poète italien, auteur d'une épopée chrétienne, *La Jérusalem délivrée* (1580) ; **l'Arioste** (1474-1533), poète italien, auteur d'une épopée héroï-comique, *Roland furieux* (1532).

— Oserais-je vous demander, monsieur, dit Candide, si vous n'avez pas un grand plaisir à lire Horace[1] ? — Il y a des maximes, dit Pococuranté, dont un homme du monde peut faire son profit, et qui, étant resserrées dans des vers énergiques, se gravent plus aisément dans la mémoire. Mais je me soucie fort peu de son voyage à Brindes, et de sa description d'un mauvais dîner, et de la querelle des crocheteurs entre je ne sais quel Pupilus, dont les paroles, dit-il, *étaient pleines de pus*, et un autre dont les paroles *étaient du vinaigre*. Je n'ai lu qu'avec un extrême dégoût ses vers grossiers contre des vieilles et contre des sorcières ; et je ne vois pas quel mérite il peut y avoir à dire à son ami Mæcenas[2] que, s'il est mis par lui au rang des poètes lyriques, il frappera les astres de son front sublime. Les sots admirent tout dans un auteur estimé. Je ne lis que pour moi ; je n'aime que ce qui est à mon usage. » Candide, qui avait été élevé à ne jamais juger de rien par lui-même, était fort étonné de ce qu'il entendait ; et Martin trouvait la façon de penser de Pococuranté assez raisonnable.

« Oh ! voici un Cicéron[3], dit Candide ; pour ce grand homme-là, je pense que vous ne vous lassez point de le lire ? — Je ne le lis jamais, répondit le Vénitien. Que m'importe qu'il ait plaidé pour Rabirius ou pour Cluentius ? J'ai bien assez des procès que je juge ; je me serais mieux accommodé de ses œuvres philosophiques ; mais, quand j'ai vu qu'il doutait de tout, j'ai conclu que j'en savais autant que lui, et que je n'avais besoin de personne pour être ignorant.

— Ah ! voilà quatre-vingts volumes de recueils d'une académie des sciences, s'écria Martin ; il se peut qu'il y ait là du bon. — Il y en aurait, dit Pococuranté, si un seul des auteurs de ces fatras avait inventé seulement l'art de faire des épingles ; mais il n'y a dans tous ces livres que de vains systèmes et pas une seule chose utile.

— Que de pièces de théâtre je vois là ! dit Candide ; en italien, en espagnol, en français ! — Oui, dit le sénateur, il y en a trois mille, et pas trois douzaines de bonnes. Pour ces recueils de sermons, qui

1. **Horace** (65-8 av. J.-C.) : poète romain, auteur des *Satires* et des *Odes*.
2. **Mæcenas** (69-8 av. J.-C.) : ami d'Horace et généreux protecteur des artistes.
3. **Cicéron** (106-43 av. J.-C.) : homme politique et orateur romain.

tous ensemble ne valent pas une page de Sénèque[1], et tous ces gros volumes de théologie[2], vous pensez bien que je ne les ouvre jamais, ni moi ni personne. »

Martin aperçut des rayons chargés de livres anglais. « Je crois, dit-il, qu'un républicain doit se plaire à la plupart de ces ouvrages, écrits si librement. – Oui, répondit Pococuranté, il est beau d'écrire ce qu'on pense ; c'est le privilège de l'homme. Dans toute notre Italie, on n'écrit que ce qu'on ne pense pas ; ceux qui habitent la patrie des Césars et des Antonins[3] n'osent avoir une idée sans la permission d'un jacobin[4]. Je serais content de la liberté qui inspire les génies anglais si la passion et l'esprit de parti ne corrompaient pas tout ce que cette précieuse liberté a d'estimable. »

Candide, apercevant un Milton[5], lui demanda s'il ne regardait pas cet auteur comme un grand homme. « Qui ? dit Pococuranté, ce barbare qui fait un long commentaire du premier chapitre de la Genèse en dix livres de vers durs ? ce grossier imitateur des Grecs, qui défigure la création, et qui, tandis que Moïse représente l'Être éternel produisant le monde par la parole, fait prendre un grand compas par le Messiah dans une armoire du ciel pour tracer son ouvrage ? Moi, j'estimerais celui qui a gâté l'enfer et le diable du Tasse ; qui déguise Lucifer tantôt en crapaud, tantôt en pygmée ; qui lui fait rebattre cent fois les mêmes discours ; qui le fait disputer sur la théologie ; qui, en imitant sérieusement l'invention comique des armes à feu de l'Arioste, fait tirer le canon dans le ciel par les diables ? Ni moi, ni personne en Italie, n'a pu se plaire à toutes ces tristes extravagances. Le mariage du péché et de la mort et les couleuvres dont le péché accouche font vomir tout homme qui a

1. Sénèque (4 av. J.-C.-65 apr. J.-C.) : philosophe stoïcien romain.
2. Théologie : étude des questions religieuses, des dogmes et des textes sacrés.
3. Césars, Antonins : dynasties d'empereurs romains ayant régné durant les deux premiers siècles.
4. Jacobin : prêtre de l'ordre de saint Dominique.
5. John Milton (1608-1674) : poète anglais, auteur d'une épopée biblique, *Le Paradis perdu* (1667), que Pococuranté critique violemment.

le goût un peu délicat, et sa longue description d'un hôpital n'est bonne que pour un fossoyeur. Ce poème obscur, bizarre et dégoûtant, fut méprisé à sa naissance; je le traite aujourd'hui comme il fut traité dans sa patrie par les contemporains. Au reste, je dis ce que je pense, et je me soucie fort peu que les autres pensent comme moi. » Candide était affligé de ces discours; il respectait Homère, il aimait un peu Milton. « Hélas! dit-il tout bas à Martin, j'ai bien peur que cet homme-ci n'ait un souverain mépris pour nos poètes allemands. – Il n'y aurait pas grand mal à cela, dit Martin. – Oh, quel homme supérieur! disait encore Candide entre ses dents, quel grand génie que ce Pococuranté! rien ne peut lui plaire. »

Après avoir fait ainsi la revue de tous les livres, ils descendirent dans le jardin. Candide en loua toutes les beautés. « Je ne sais rien de si mauvais goût, dit le maître : nous n'avons ici que des colifichets[1]; mais je vais dès demain en faire planter un d'un dessin plus noble. »

Quand les deux curieux eurent pris congé de Son Excellence : « Or çà, dit Candide à Martin, vous conviendrez que voilà le plus heureux de tous les hommes, car il est au-dessus de tout ce qu'il possède. – Ne voyez-vous pas, dit Martin, qu'il est dégoûté de tout ce qu'il possède? Platon a dit, il y a longtemps, que les meilleurs estomacs ne sont pas ceux qui rebutent[2] tous les aliments. – Mais, dit Candide, n'y a-t-il pas du plaisir à tout critiquer, à sentir des défauts où les autres hommes croient voir des beautés? – C'est-à-dire, reprit Martin, qu'il y a du plaisir à n'avoir pas de plaisir? – Oh bien! dit Candide, il n'y a donc d'heureux que moi, quand je reverrai Mlle Cunégonde. – C'est toujours bien fait d'espérer », dit Martin.

Cependant les jours, les semaines s'écoulaient; Cacambo ne revenait point, et Candide était si abîmé dans sa douleur qu'il ne fit pas même réflexion que Paquette et frère Giroflée n'étaient pas venus seulement le remercier.

1. Colifichets : babioles, pacotille.
2. Rebutent : repoussent.

Chapitre 26

D'un souper que Candide et Martin firent avec six étrangers, et qui ils étaient

Un soir que Candide, suivi de Martin, allait se mettre à table avec les étrangers qui logeaient dans la même hôtellerie, un homme à visage couleur de suie l'aborda par-derrière, et, le prenant par le bras, lui dit : « Soyez prêt à partir avec nous, n'y manquez pas. » Il
5 se retourne, et voit Cacambo. Il n'y avait que la vue de Cunégonde qui pût l'étonner et lui plaire davantage. Il fut sur le point de devenir fou de joie. Il embrasse son cher ami. « Cunégonde est ici, sans doute, où est-elle ? Mène-moi vers elle, que je meure de joie avec elle. – Cunégonde n'est point ici, dit Cacambo, elle est
10 à Constantinople. – Ah, Ciel ! à Constantinople ! mais, fût-elle à la Chine, j'y vole, partons. – Nous partirons après souper, reprit Cacambo, je ne peux vous en dire davantage ; je suis esclave, mon maître m'attend ; il faut que j'aille le servir à table : ne dites mot ; soupez et tenez-vous prêt. »
15 Candide, partagé entre la joie et la douleur, charmé d'avoir revu son agent fidèle, étonné de le voir esclave, plein de l'idée de retrouver sa maîtresse, le cœur agité, l'esprit bouleversé, se mit à table avec Martin, qui voyait de sang-froid toutes ces aventures, et avec six étrangers qui étaient venus passer le carnaval à Venise.
20 Cacambo, qui versait à boire à l'un de ces six étrangers, s'approcha de l'oreille de son maître, sur la fin du repas, et lui dit : « Sire, Votre Majesté partira quand elle voudra, le vaisseau est prêt. » Ayant dit ces mots, il sortit. Les convives, étonnés, se regardaient sans proférer une seule parole, lorsqu'un autre domestique, s'ap-
25 prochant de son maître, lui dit : « Sire, la chaise de Votre Majesté est à Padoue, et la barque est prête. » Le maître fit un signe, et le domestique partit. Tous les convives se regardèrent encore, et la

surprise commune redoubla. Un troisième valet, s'approchant aussi d'un troisième étranger, lui dit : « Sire, croyez-moi, Votre Majesté ne doit pas rester ici plus longtemps : je vais tout préparer » ; et aussitôt il disparut.

Candide et Martin ne doutèrent pas alors que ce ne fût une mascarade du carnaval. Un quatrième domestique dit au quatrième maître : « Votre Majesté partira quand elle voudra », et sortit comme les autres. Le cinquième valet en dit autant au cinquième maître. Mais le sixième valet parla différemment au sixième étranger, qui était auprès de Candide ; il lui dit : « Ma foi, Sire, on ne veut plus faire crédit à Votre Majesté, ni à moi non plus ; et nous pourrions bien être coffrés cette nuit, vous et moi : je vais pourvoir à mes affaires ; adieu. »

Tous les domestiques ayant disparu, les six étrangers, Candide et Martin demeurèrent dans un profond silence. Enfin Candide le rompit. « Messieurs, dit-il, voilà une singulière plaisanterie : pourquoi êtes-vous tous rois ? Pour moi, je vous avoue que ni moi ni Martin nous ne le sommes. »

Le maître de Cacambo prit alors gravement la parole, et dit en italien : « Je ne suis point plaisant[1], je m'appelle Achmet III[2]. J'ai été grand sultan plusieurs années ; je détrônai mon frère ; mon neveu m'a détrôné ; on a coupé le cou à mes vizirs[3] ; j'achève ma vie dans le vieux sérail ; mon neveu le grand sultan Mahmoud me permet de voyager quelquefois pour ma santé, et je suis venu passer le carnaval à Venise. »

Un jeune homme qui était auprès d'Achmet parla après lui, et dit : « Je m'appelle Ivan[4] ; j'ai été empereur de toutes les Russies ; j'ai été détrôné au berceau ; mon père et ma mère ont été enfermés ; on m'a élevé en prison ; j'ai quelquefois la permission de voyager,

1. Je ne suis point plaisant : je ne suis pas homme à plaisanter.
2. Achmet III (1673-1736) : sultan turc qui régna pendant vingt-sept ans et fut détrôné par son neveu en 1730.
3. Vizirs : ministres du sultan.
4. Ivan VI (1740-1764) : tsar russe détrôné à l'âge d'un an, emprisonné à vie et assassiné.

accompagné de ceux qui me gardent, et je suis venu passer le carnaval à Venise. »

Le troisième dit : « Je suis Charles-Édouard[1], roi d'Angleterre ; mon père m'a cédé ses droits au royaume ; j'ai combattu pour les soutenir ; on a arraché le cœur à huit cents de mes partisans, et on leur en a battu les joues. J'ai été mis en prison ; je vais à Rome faire une visite au roi mon père, détrôné ainsi que moi et mon grand-père, et je suis venu passer le carnaval à Venise. »

Le quatrième prit alors la parole et dit : « Je suis roi des Polaques[2] ; le sort de la guerre m'a privé de mes États héréditaires ; mon père a éprouvé les mêmes revers ; je me résigne à la Providence comme le sultan Achmet, l'empereur Ivan et le roi Charles-Édouard, à qui Dieu donne une longue vie, et je suis venu passer le carnaval à Venise. »

Le cinquième[3] dit : « Je suis aussi roi des Polaques ; j'ai perdu mon royaume deux fois ; mais la Providence m'a donné un autre État, dans lequel j'ai fait plus de bien que tous les rois des Sarmates[4] ensemble n'en ont jamais pu faire sur les bords de la Vistule[5] ; je me résigne aussi à la Providence, et je suis venu passer le carnaval à Venise. »

Il restait au sixième monarque à parler. « Messieurs, dit-il, je ne suis pas si grand seigneur que vous ; mais enfin j'ai été roi tout comme un autre. Je suis Théodore[6] ; on m'a élu roi en Corse ; on m'a appelé *Votre Majesté*, et à présent, à peine m'appelle-t-on *Monsieur*. J'ai fait frapper de la monnaie, et je ne possède pas un denier ; j'ai eu deux secrétaires d'État, et j'ai à peine un valet ; je me suis vu sur un trône, et j'ai longtemps été à Londres en prison, sur la paille. J'ai

1. Charles-Édouard Stuart (1720-1788) : roi d'Angleterre détrôné, emprisonné, puis exilé.
2. Roi des Polaques : Auguste III (1696-1763), roi de Pologne en 1733, chassé du trône en 1756.
3. Stanislas Leszczynski (1677-1766), qui perdit son royaume deux fois, en 1709 et en 1736.
4. Sarmates : Polonais (ancien nom).
5. Vistule : fleuve polonais.
6. Théodore de Neuhoff (1690-1756) : roi de Corse en 1736, emprisonné pour escroquerie financière pendant sept années.

bien peur d'être traité de même ici, quoique je sois venu comme Vos Majestés passer le carnaval à Venise.»

Les cinq autres rois écoutèrent ce discours avec une noble compassion. Chacun d'eux donna vingt sequins[1] au roi Théodore pour avoir des habits et des chemises, et Candide lui fit présent d'un diamant de deux mille sequins. «Quel est donc, disaient les cinq rois, ce simple particulier qui est en état de donner cent fois autant que chacun de nous, et qui le donne?»

Dans l'instant qu'on sortait de table, il arriva dans la même hôtellerie quatre altesses sérénissimes qui avaient aussi perdu leurs États par le sort de la guerre, et qui venaient passer le reste du carnaval à Venise. Mais Candide ne prit pas seulement garde à ces nouveaux venus. Il n'était occupé que d'aller trouver sa chère Cunégonde à Constantinople.

Chapitre 27
Voyage de Candide à Constantinople

Le fidèle Cacambo avait déjà obtenu du patron turc qui allait reconduire le sultan Achmet à Constantinople qu'il recevrait Candide et Martin sur son bord. L'un et l'autre s'y rendirent après s'être prosternés devant Sa misérable Hautesse. Candide, chemin faisant, disait à Martin : «Voilà pourtant six rois détrônés, avec qui nous avons soupé, et encore dans ces six rois il y en a un à qui j'ai fait l'aumône. Peut-être y a-t-il beaucoup d'autres princes plus infortunés. Pour moi, je n'ai perdu que cent moutons, et je vole dans les bras de Cunégonde. Mon cher Martin, encore une fois, Pangloss avait raison : tout est bien. – Je le souhaite, dit Martin.

1. **Sequins** : monnaie vénitienne.

– Mais, dit Candide, voilà une aventure bien peu vraisemblable que nous avons eue à Venise. On n'avait jamais vu ni ouï[1] conter que six rois détrônés soupassent ensemble au cabaret. – Cela n'est pas plus extraordinaire, dit Martin, que la plupart des choses qui nous sont arrivées. Il est très commun que des rois soient détrônés ; et à l'égard de l'honneur que nous avons eu de souper avec eux, c'est une bagatelle qui ne mérite pas notre attention. »

À peine Candide fut-il dans le vaisseau qu'il sauta au cou de son ancien valet, de son ami Cacambo. « Eh bien ! lui dit-il, que fait Cunégonde ? Est-elle toujours un prodige de beauté ? M'aime-t-elle toujours ? Comment se porte-t-elle ? Tu lui as sans doute acheté un palais à Constantinople ?

– Mon cher maître, répondit Cacambo, Cunégonde lave les écuelles sur le bord de la Propontide[2], chez un prince qui a très peu d'écuelles ; elle est esclave dans la maison d'un ancien souverain nommé Ragotski[3], à qui le Grand Turc donne trois écus par jour dans son asile ; mais ce qui est bien plus triste, c'est qu'elle a perdu sa beauté et qu'elle est devenue horriblement laide. – Ah ! belle ou laide, dit Candide, je suis honnête homme, et mon devoir est de l'aimer toujours. Mais comment peut-elle être réduite à un état si abject avec les cinq ou six millions que tu avais apportés ? – Bon, dit Cacambo, ne m'en a-t-il pas fallu donner deux millions au señor don Fernando d'Ibaraa, y Figueora, y Mascarenes, y Lampourdos, y Souza, gouverneur de Buenos-Ayres, pour avoir la permission de reprendre mademoiselle Cunégonde ? Et un pirate ne nous a-t-il pas bravement dépouillés de tout le reste ? Ce pirate ne nous a-t-il pas menés au cap de Matapan, à Milo, à Nicarie, à Samos, à Petra, aux Dardanelles, à Marmora, à Scutari[4] ? Cunégonde et la vieille servent chez ce prince dont je vous ai parlé, et moi je suis esclave du sultan détrôné. – Que d'épouvantables calamités enchaînées les

1. **Ouï** : entendu.
2. **Propontide** : ancien nom de la mer de Marmara (Turquie).
3. **Ragotski** (1676-1735) : prince hongrois, réfugié en Turquie en 1719.
4. Villes de Méditerranée situées entre la Grèce et la Turquie.

unes aux autres ! dit Candide. Mais, après tout, j'ai encore quelques diamants ; je délivrerai aisément Cunégonde. C'est bien dommage qu'elle soit devenue si laide. »

Ensuite, se tournant vers Martin : « Qui pensez-vous, dit-il, qui soit le plus à plaindre, de l'empereur Achmet, de l'empereur Ivan, du roi Charles-Édouard, ou de moi ? – Je n'en sais rien, dit Martin ; il faudrait que je fusse dans vos cœurs pour le savoir. – Ah ! dit Candide, si Pangloss était ici, il le saurait et nous l'apprendrait. – Je ne sais, dit Martin, avec quelles balances votre Pangloss aurait pu peser les infortunes des hommes et apprécier leurs douleurs. Tout ce que je présume, c'est qu'il y a des millions d'hommes sur la terre cent fois plus à plaindre que le roi Charles-Édouard, l'empereur Ivan et le sultan Achmet. – Cela pourrait bien être », dit Candide.

On arriva en peu de jours sur le canal de la mer Noire. Candide commença par racheter Cacambo fort cher, et, sans perdre de temps, il se jeta dans une galère, avec ses compagnons, pour aller sur le rivage de la Propontide chercher Cunégonde, quelque laide qu'elle pût être.

Il y avait dans la chiourme[1] deux forçats qui ramaient fort mal, et à qui le levanti[2] patron appliquait de temps en temps quelques coups de nerf de bœuf sur leurs épaules nues ; Candide, par un mouvement naturel, les regarda plus attentivement que les autres galériens et s'approcha d'eux avec pitié. Quelques traits de leurs visages défigurés lui parurent avoir un peu de ressemblance avec Pangloss et avec ce malheureux jésuite, ce baron, ce frère de Mlle Cunégonde. Cette idée l'émut et l'attrista. Il les considéra encore plus attentivement « En vérité, dit-il à Cacambo, si je n'avais pas vu pendre maître Pangloss, et si je n'avais pas eu le malheur de tuer le baron, je croirais que ce sont eux qui rament dans cette galère. »

Au nom du baron et de Pangloss les deux forçats poussèrent un grand cri, s'arrêtèrent sur leur banc et laissèrent tomber leurs

1. Chiourme : groupe de rameurs d'une galère.
2. Levanti : originaire du Levant (Proche-Orient).

rames. Le levanti patron accourait sur eux, et les coups de nerf de bœuf redoublaient. « Arrêtez, arrêtez, Seigneur, s'écria Candide, je vous donnerai tant d'argent que vous voudrez. – Quoi! c'est Candide! disait l'un des forçats. – Quoi! c'est Candide! disait l'autre. – Est-ce un songe? dit Candide; veillé-je? suis-je dans cette galère? Est-ce là monsieur le baron que j'ai tué? Est-ce là maître Pangloss que j'ai vu pendre?

– C'est nous-mêmes, c'est nous-mêmes, répondaient-ils. – Quoi! c'est là ce grand philosophe? disait Martin.

– Eh! Monsieur le levanti patron, dit Candide, combien voulez-vous d'argent pour la rançon de M. de Thunder-ten-tronckh, un des premiers barons de l'Empire, et de M. Pangloss, le plus profond métaphysicien d'Allemagne? – Chien de chrétien, répondit le levanti patron, puisque ces deux chiens de forçats chrétiens sont des barons et des métaphysiciens, ce qui est sans doute une grande dignité dans leurs pays, tu m'en donneras cinquante mille sequins. – Vous les aurez, monsieur, ramenez-moi comme un éclair à Constantinople, et vous serez payé sur-le-champ. Mais non, menez-moi chez Mlle Cunégonde. » Le levanti patron, sur la première offre de Candide, avait déjà tourné la proue vers la ville, et il faisait ramer plus vite qu'un oiseau ne fend les airs.

Candide embrassa cent fois le baron et Pangloss. « Et comment ne vous ai-je pas tué, mon cher baron? et mon cher Pangloss, comment êtes-vous en vie après avoir été pendu? et pourquoi êtes-vous tous deux aux galères en Turquie? – Est-il bien vrai que ma chère sœur soit dans ce pays? disait le baron. – Oui, répondait Cacambo. – Je revois donc mon cher Candide », s'écriait Pangloss. Candide leur présentait Martin et Cacambo. Ils s'embrassaient tous, ils parlaient tous à la fois. La galère volait, ils étaient déjà dans le port. On fit venir un Juif, à qui Candide vendit pour cinquante mille sequins un diamant de la valeur de cent mille, et qui lui jura par Abraham qu'il n'en pouvait donner davantage. Il paya incontinent la rançon du baron et de Pangloss. Celui-ci se jeta aux pieds de son libérateur et les baigna de larmes; l'autre le remercia par un signe de tête, et lui

promit de lui rendre cet argent à la première occasion. « Mais est-il bien possible que ma sœur soit en Turquie ? disait-il. – Rien n'est si possible, reprit Cacambo, puisqu'elle écure la vaisselle chez un prince de Transylvanie. » On fit aussitôt venir deux Juifs ; Candide vendit encore des diamants ; et ils repartirent tous dans une autre galère pour aller délivrer Cunégonde.

Chapitre 28
Ce qui arriva à Candide, à Cunégonde, à Pangloss, à Martin, etc.

« Pardon, encore une fois, dit Candide au baron ; pardon, mon Révérend Père, de vous avoir donné un grand coup d'épée au travers du corps. – N'en parlons plus, dit le baron ; je fus un peu trop vif, je l'avoue ; mais, puisque vous voulez savoir par quel hasard vous m'avez vu aux galères, je vous dirai qu'après avoir été guéri de ma blessure par le frère apothicaire du collège[1], je fus attaqué et enlevé par un parti[2] espagnol ; on me mit en prison à Buenos-Ayres dans le temps que ma sœur venait d'en partir. Je demandai à retourner à Rome auprès du père général[3]. Je fus nommé pour aller servir d'aumônier à Constantinople auprès de M. l'ambassadeur de France. Il n'y avait pas huit jours que j'étais entré en fonction, quand je trouvai sur le soir un jeune icoglan[4] très bien fait. Il faisait fort chaud : le jeune homme voulut se baigner ; je pris cette occasion de me baigner aussi. Je ne savais pas que ce fût un crime capital pour un chrétien d'être trouvé tout nu avec un jeune musulman.

1. **Frère apothicaire du collège** : pharmacien de notre communauté.
2. **Parti** : groupe de soldats.
3. **Père général** : supérieur de l'ordre des Jésuites.
4. **Icoglan** : page d'un sultan.

Un cadi[1] me fit donner cent coups de bâton sous la plante des pieds et me condamna aux galères. Je ne crois pas qu'on ait fait une plus horrible injustice. Mais je voudrais bien savoir pourquoi ma sœur est dans la cuisine d'un souverain de Transylvanie réfugié chez les Turcs.

— Mais vous, mon cher Pangloss, dit Candide, comment se peut-il que je vous revoie ? — Il est vrai, dit Pangloss, que vous m'avez vu pendre ; je devais naturellement être brûlé ; mais vous vous souvenez qu'il plut à verse lorsqu'on allait me cuire : l'orage fut si violent qu'on désespéra d'allumer le feu, je fus pendu, parce qu'on ne put mieux faire : un chirurgien acheta mon corps, m'emporta chez lui, et me disséqua. Il me fit d'abord une incision cruciale[2] depuis le nombril jusqu'à la clavicule[3]. On ne pouvait pas avoir été plus mal pendu que je l'avais été. L'exécuteur des hautes œuvres de la sainte Inquisition[4], lequel était sous-diacre[5], brûlait à la vérité les gens à merveille, mais il n'était pas accoutumé[6] à pendre : la corde était mouillée et glissa mal, elle fut nouée ; enfin je respirais encore : l'incision cruciale me fit jeter un si grand cri que mon chirurgien tomba à la renverse, et, croyant qu'il disséquait le diable, il s'enfuit en mourant de peur, et tomba encore sur l'escalier en fuyant. Sa femme accourut au bruit, d'un cabinet voisin ; elle me vit sur la table étendu avec mon incision cruciale : elle eut encore plus de peur que son mari, s'enfuit et tomba sur lui. Quand ils furent un peu revenus à eux, j'entendis la chirurgienne qui disait au chirurgien : "Mon bon, de quoi vous avisez-vous aussi de disséquer un hérétique[7] ? Ne savez-vous pas que le diable est toujours dans le corps de ces gens-là ? Je vais vite chercher un prêtre pour l'exorciser." Je frémis

1. **Cadi** : juge musulman.
2. **Incision cruciale** : coupure en forme de croix.
3. **Clavicule** : partie antérieure de l'épaule.
4. **Exécuteur des hautes œuvres de la sainte Inquisition** : bourreau de l'Inquisition.
5. **Sous-diacre** : sous-prêtre.
6. **Accoutumé** : habitué.
7. **Hérétique** : qui soutient une opinion contraire à la religion chrétienne. Ceux qui étaient considérés comme hérétiques étaient condamnés par l'Inquisition.

à ce propos, et je ramassai le peu de forces qui me restaient, pour crier : "Ayez pitié de moi !" Enfin le barbier[1] portugais s'enhardit ; il recousit ma peau ; sa femme même eut soin de moi ; je fus sur pied au bout de quinze jours. Le barbier me trouva une condition[2], et me fit laquais d'un chevalier de Malte qui allait à Venise ; mais mon maître n'ayant pas de quoi me payer, je me mis au service d'un marchand vénitien, et je le suivis à Constantinople.

« Un jour il me prit fantaisie d'entrer dans une mosquée ; il n'y avait qu'un vieil iman[3] et une jeune dévote très jolie qui disait ses patenôtres[4] ; sa gorge était toute découverte : elle avait entre ses deux tétons un beau bouquet de tulipes, de roses, d'anémones, de renoncules, d'hyacinthes et d'oreilles-d'ours ; elle laissa tomber son bouquet ; je le ramassai, et je le lui remis avec un empressement très respectueux. Je fus si longtemps à le lui remettre que l'iman se mit en colère, et voyant que j'étais chrétien, il cria à l'aide. On me mena chez le cadi, qui me fit donner cent coups de lattes sur la plante des pieds et m'envoya aux galères. Je fus enchaîné précisément dans la même galère et au même banc que monsieur le baron. Il y avait dans cette galère quatre jeunes gens de Marseille, cinq prêtres napolitains, et deux moines de Corfou, qui nous dirent que de pareilles aventures arrivaient tous les jours. Monsieur le baron prétendait qu'il avait essuyé une plus grande injustice que moi ; je prétendais, moi, qu'il était beaucoup plus permis de remettre un bouquet sur la gorge d'une femme que d'être tout nu avec un icoglan. Nous disputions sans cesse, et nous recevions vingt coups de nerf de bœuf par jour, lorsque l'enchaînement des événements de cet univers vous a conduit dans notre galère, et que vous nous avez rachetés.

– Eh bien ! mon cher Pangloss, lui dit Candide, quand vous avez été pendu, disséqué, roué de coups, et que vous avez ramé

1. Barbier : chirurgien. Les barbiers pratiquaient de petites interventions médicales.
2. Condition : métier.
3. Iman : imam, chef religieux musulman.
4. Disait ses patenôtres : récitait ses prières.

aux galères, avez-vous toujours pensé que tout allait le mieux du monde ? – Je suis toujours de mon premier sentiment, répondit Pangloss, car enfin je suis philosophe : il ne me convient pas de me dédire, Leibniz ne pouvant pas avoir tort, et l'harmonie préétablie[1] étant d'ailleurs la plus belle chose du monde, aussi bien que le plein et la matière subtile. »

1. Harmonie préétablie : concept de la philosophie de Leibniz selon lequel il existerait dans l'univers un accord parfait entre tous les éléments du monde, Dieu ayant créé le meilleur des mondes possibles.

Arrêt sur lecture 3

Pour comprendre l'essentiel

L'Eldorado : « le meilleur des mondes possibles » ?

1 Après leur étape mouvementée au Paraguay, Candide et Cacambo arrivent dans un pays extraordinaire : l'Eldorado. Relevez les motifs merveilleux employés pour décrire ce lieu.

2 L'utopie est un récit où est décrite une société idéale. Indiquez en quoi le chapitre 17 est une utopie.

3 Candide pose au vieillard des questions sur la religion des habitants de ce pays. Dans ce dialogue, relevez les procédés ironiques par lesquels Voltaire propose en creux une critique de l'intolérance religieuse.

L'Europe : un monde corrompu

4 Le chapitre 22 est une peinture satirique de la société parisienne. Faites le portrait de la marquise et de l'abbé périgourdin ; montrez comment le comique de situation naît du contraste entre la candeur du héros et la noirceur d'âme de ces deux personnages.

5 Lors de son escale en Angleterre, Candide découvre les travers politiques de ce pays. Relevez les termes péjoratifs et les hyperboles qui caractérisent les mœurs des Anglais et montrez comment Voltaire met ces figures de l'exagération au service de la satire politique.

Candide

❻ Lors de son séjour à Venise, Candide fait des rencontres très variées : Paquette, le moine Giroflée, le seigneur Pococuranté et six rois déchus. Résumez en une phrase ce que ces personnages racontent à Candide, et dites quelle leçon le héros pourrait tirer de ces expériences diverses.

Candide : apprentissage et formation

❼ À Surinam, Candide découvre « l'abomination » de l'esclavage. Montrez que ce passage présente les caractéristiques d'un apologue, puis expliquez comment cet épisode conduit le héros à remettre en question le discours optimiste de Pangloss.

❽ Lors de son retour en Europe, Candide rencontre des personnages qui lui font part de leurs goûts artistiques. Étudiez en quoi Paris et Venise sont des étapes essentielles dans la formation intellectuelle de Candide.

❾ Aux chapitres 27 et 28, Candide retrouve pour la deuxième fois son ancien maître Pangloss. Montrez que le discours de ce dernier n'évolue pas, et précisez en quoi les rapports entre Pangloss et Candide se sont toutefois inversés par rapport au début du conte.

Rappelez-vous !

• *Candide* est un **conte philosophique**, c'est-à-dire un récit fictif qui contient un enseignement moral. Il se rattache également au genre du **roman d'apprentissage** : le héros traverse des épreuves initiatiques, reçoit une formation sociale, morale, sentimentale, culturelle et philosophique. Cette éducation le fait progressivement passer de l'enfant naïf du chapitre 1 à l'adulte mûr du chapitre 30.

• L'**apologue** est un court récit dont le lecteur peut tirer un enseignement moral. La morale peut être implicite ou explicite. Dans certains chapitres de *Candide*, Voltaire insère des apologues pour divertir et convaincre son lecteur. Construite comme une fiction narrative indépendante, l'**utopie de l'Eldorado** permet par exemple à l'auteur de recourir au merveilleux pour évoquer des valeurs qui lui sont chères (le progrès, la tolérance) et pour exposer en creux une critique du monde réel.

Arrêt sur lecture 3

Vers l'oral du Bac

Analyse du chapitre 19, l. 18-48, p. 79-80

👉 Montrer en quoi cet extrait est un réquisitoire contre l'esclavage

Conseils pour la lecture à voix haute

– Essayez de rendre compte de la variété des discours : un dialogue encadré par deux brefs passages narratifs.
– Lisez les paroles de l'esclave sur un ton neutre pour traduire l'ironie de Voltaire.
– Veillez à exprimer l'émotion indignée de Candide afin de rendre compte du ton pathétique des dernières lignes de l'extrait.

Analyse du texte

■ *Introduction rédigée*

Candide et son serviteur Cacambo ont quitté l'Eldorado, monde merveilleux et utopique, et arrivent à Surinam, capitale de la Guyane hollandaise. Candide passe du bonheur à l'horreur lorsqu'il découvre l'abomination suprême : l'esclavage. Pour dénoncer cette pratique qui le révolte, Voltaire donne la parole à ses personnages. Nous montrerons dans un premier temps que la simplicité formelle du conte lui permet une certaine légèreté d'écriture, puis nous étudierons les procédés mis en œuvre dans ce réquisitoire contre l'esclavage, et enfin nous verrons comment les larmes de Candide traduisent l'indignation et la critique de Voltaire.

Candide

■ *Analyse guidée*

I. Simplicité du conte et légèreté de style

a. Voltaire alterne dialogue et récit dans cet extrait. Indiquez la composition de ce passage et montrez, en vous appuyant sur l'analyse de la première et de la dernière phrase de l'extrait, qu'il est construit comme un petit apologue indépendant du reste du conte philosophique.

b. Candide rencontre un esclave originaire de Guinée qui lui décrit les conditions de vie dans les sucreries de la Guyane hollandaise. Relevez les éléments exotiques et expliquez dans quelle mesure ils introduisent une certaine distance entre le lecteur et les faits évoqués.

c. L'esclave n'est jamais nommé dans ce passage. Expliquez en quoi cette absence de dénomination contribue à accentuer le caractère fictif du récit.

II. Les procédés du réquisitoire

a. Les modalités de l'esclavage, obéissant aux lois économiques du commerce triangulaire (Afrique, Amérique, Europe), étaient régies par le Code noir (1685), recueil d'articles réglant la vie des esclaves noirs dans les îles françaises. Précisez quels sont les éléments de ce texte qui font allusion à ces réalités historiques.

b. Voltaire expose, par une démonstration logique, le système esclavagiste. Montrez qu'il s'appuie sur le discours en apparence neutre de l'esclave de Surinam pour dénoncer les contradictions de ceux qui justifient l'esclavagisme.

c. L'esclave explique à Candide comment il a été vendu par sa mère. Analysez les lignes 29-30 et 35-36 et montrez en quoi elles relèvent de plusieurs tonalités à la fois (ironique, pathétique et polémique).

III. L'indignation et la critique de Voltaire

a. Candide est bouleversé par le témoignage de l'esclave de Surinam. Relevez les procédés (hyperboles, interjections) par lesquels Voltaire exprime l'émotion du héros et indiquez en quoi cela sert la critique implicite de l'auteur.

b. L'esclave évoque les pasteurs hollandais qui l'ont converti, dans les lignes 37-41. Analysez en quoi, dans ces lignes, Voltaire formule une critique de la religion.

c. L'optimisme, « c'est la rage de soutenir que tout est bien quand on est mal », dit Candide (p. 80). Expliquez en quoi cet extrait est également une critique de la philosophie optimiste.

■ *Conclusion rédigée*

À travers l'étude de cet extrait, on comprend que *Candide* est véritablement un conte philosophique. En effet, Voltaire y reprend la forme du conte pour exposer sa critique, et la force de l'argumentation vient de ce qu'il donne la parole à l'esclave lui-même. Le procédé du dialogue enchâssé, qui évoque la vente de l'enfant africain par sa mère, montre bien que la simplicité de cette forme de discours est plus efficace qu'une longue argumentation théorique. Le genre du conte philosophique permet également à Voltaire de convaincre le lecteur par une démonstration d'une implacable logique tout en faisant appel à son émotion, relayée par les larmes de Candide à la fin de l'extrait. Ce texte majeur de *Candide* est devenu aussi célèbre que celui de Montesquieu sur le même sujet : *De l'esprit des lois*, « De l'esclavage des nègres » (voir p. 175).

Les trois questions de l'examinateur

Question 1. Quelle est la fonction de ce passage dans la formation de Candide ?

Question 2. Expliquez la postérité de ce passage de *Candide* et indiquez d'autres textes traitant du même sujet.

Question 3. Dans quelle mesure peut-on dire que Voltaire est un « intellectuel engagé » ?

Chapitre 29

Comment Candide retrouva Cunégonde et la vieille

Pendant que Candide, le baron, Pangloss, Martin et Cacambo contaient leurs aventures, qu'ils raisonnaient sur les événements contingents ou non contingents[1] de cet univers, qu'ils disputaient sur les effets et les causes, sur le mal moral et sur le mal physique, sur la liberté et la nécessité, sur les consolations que l'on peut éprouver lorsqu'on est aux galères en Turquie, ils abordèrent sur le rivage de la Propontide à la maison du prince de Transylvanie. Les premiers objets qui se présentèrent furent Cunégonde et la vieille, qui étendaient des serviettes sur des ficelles pour les faire sécher.

Le baron pâlit à cette vue. Le tendre amant Candide, en voyant sa belle Cunégonde rembrunie, les yeux éraillés, la gorge sèche, les joues ridées, les bras rouges et écaillés[2], recula trois pas saisi d'horreur, et avança ensuite par bon procédé[3]. Elle embrassa Candide et son frère ; on embrassa la vieille : Candide les racheta toutes deux.

Il y avait une petite métairie[4] dans le voisinage : la vieille proposa à Candide de s'en accommoder[5], en attendant que toute la troupe eût une meilleure destinée. Cunégonde ne savait pas qu'elle était enlaidie, personne ne l'en avait avertie : elle fit souvenir Candide de ses promesses avec un ton si absolu que le bon Candide n'osa

1. **Contingents ou non contingents** : soumis ou non au hasard.
2. **Écaillés** : pelés par le soleil.
3. **Par bon procédé** : par politesse.
4. **Métairie** : ferme.
5. **S'en accommoder** : s'en contenter.

pas la refuser. Il signifia[1] donc au baron qu'il allait se marier avec sa sœur. « Je ne souffrirai[2] jamais, dit le baron, une telle bassesse de sa part et une telle insolence de la vôtre ; cette infamie ne me sera jamais reprochée : les enfants de ma sœur ne pourraient entrer dans les chapitres[3] d'Allemagne. Non, jamais ma sœur n'épousera qu'un baron de l'Empire. » Cunégonde se jeta à ses pieds et les baigna de larmes ; il fut inflexible. « Maître fou, lui dit Candide, je t'ai réchappé des galères, j'ai payé ta rançon, j'ai payé celle de ta sœur ; elle lavait ici des écuelles, elle est laide, j'ai la bonté d'en faire ma femme, et tu prétends encore t'y opposer ! Je te retuerais si j'en croyais ma colère. – Tu peux me tuer encore, dit le baron, mais tu n'épouseras pas ma sœur de mon vivant. »

Chapitre 30
Conclusion

Candide, dans le fond de son cœur, n'avait aucune envie d'épouser Cunégonde. Mais l'impertinence extrême du baron le déterminait à conclure le mariage, et Cunégonde le pressait si vivement qu'il ne pouvait s'en dédire. Il consulta Pangloss, Martin et le fidèle Cacambo. Pangloss fit un beau mémoire par lequel il prouvait que le baron n'avait nul droit sur sa sœur, et qu'elle pouvait, selon toutes les lois de l'Empire, épouser Candide de la main gauche[4]. Martin conclut à jeter le baron dans la mer. Cacambo décida qu'il fallait le rendre au levanti patron et le remettre aux galères ; après quoi on l'enverrait

1. **Signifia** : annonça.
2. **Souffrirai** : supporterai.
3. **Chapitres** : assemblées de religieux qui, parfois, exigeaient que leurs membres aient des titres de noblesse.
4. **De la main gauche** : mariage qui n'engage ni les titres ni les biens.

à Rome au père général par le premier vaisseau. L'avis fut trouvé fort bon ; la vieille l'approuva ; on n'en dit rien à sa sœur ; la chose fut exécutée pour quelque argent, et on eut le plaisir d'attraper[1] un jésuite et de punir l'orgueil d'un baron allemand.

Il était tout naturel d'imaginer qu'après tant de désastres, Candide, marié avec sa maîtresse et vivant avec le philosophe Pangloss, le philosophe Martin, le prudent Cacambo et la vieille, ayant d'ailleurs rapporté tant de diamants de la patrie des anciens Incas, mènerait la vie du monde la plus agréable ; mais il fut tant friponné[2] par les Juifs qu'il ne lui resta plus rien que sa petite métairie ; sa femme, devenant tous les jours plus laide, devint acariâtre et insupportable ; la vieille était infirme et fut encore de plus mauvaise humeur que Cunégonde. Cacambo, qui travaillait au jardin, et qui allait vendre des légumes à Constantinople, était excédé de travail et maudissait sa destinée. Pangloss était au désespoir de ne pas briller dans quelque université d'Allemagne. Pour Martin, il était fermement persuadé qu'on est également mal partout ; il prenait les choses en patience. Candide, Martin et Pangloss disputaient quelquefois de métaphysique et de morale. On voyait souvent passer sous les fenêtres de la métairie des bateaux chargés d'effendis, de bachas, de cadis[3], qu'on envoyait en exil à Lemnos, à Mytilène, à Erzeroum[4]. On voyait venir d'autres cadis, d'autres bachas, d'autres effendis, qui prenaient la place des expulsés et qui étaient expulsés à leur tour. On voyait des têtes proprement empaillées qu'on allait présenter à la Sublime Porte[5]. Ces spectacles faisaient redoubler les dissertations[6] ; et quand on ne disputait pas, l'ennui était si excessif que la vieille osa un jour leur dire : « Je voudrais savoir lequel est le pire, ou d'être violée cent fois par des pirates nègres, d'avoir une

1. **Attraper** : tromper.
2. **Friponné** : escroqué.
3. **Effendis, bachas, cadis** : grands seigneurs, gouverneurs, juges turcs.
4. **Lemnos, Mytilène** : îles grecques, qui étaient turques au XVIIIe siècle ; **Erzeroum** : ville turque.
5. **Sublime Porte** : cour du sultan à Constantinople.
6. **Dissertations** : discussions.

fesse coupée, de passer par les baguettes chez les Bulgares, d'être fouetté et pendu dans un auto-da-fé, d'être disséqué, de ramer en galère, d'éprouver enfin toutes les misères par lesquelles nous avons tous passé, ou bien de rester ici à ne rien faire ? – C'est une grande question », dit Candide.

Ce discours fit naître de nouvelles réflexions, et Martin surtout conclut que l'homme était né pour vivre dans les convulsions de l'inquiétude, ou dans la léthargie[1] de l'ennui. Candide n'en convenait pas, mais il n'assurait rien. Pangloss avouait qu'il avait toujours horriblement souffert ; mais ayant soutenu une fois que tout allait à merveille, il le soutenait toujours, et n'en croyait rien.

Une chose acheva de confirmer Martin dans ses détestables principes, de faire hésiter plus que jamais Candide, et d'embarrasser Pangloss. C'est qu'ils virent un jour aborder dans leur métairie Paquette et le frère Giroflée, qui étaient dans la plus extrême misère ; ils avaient bien vite mangé leurs trois mille piastres, s'étaient quittés, s'étaient raccommodés, s'étaient brouillés, avaient été mis en prison, s'étaient enfuis, et enfin frère Giroflée s'était fait turc. Paquette continuait son métier partout, et n'y gagnait plus rien. « Je l'avais bien prévu, dit Martin à Candide, que vos présents seraient bientôt dissipés et ne les rendraient que plus misérables. Vous avez regorgé de millions de piastres, vous et Cacambo, et vous n'êtes pas plus heureux que frère Giroflée et Paquette. – Ah, ah ! dit Pangloss à Paquette, le ciel vous ramène donc ici parmi nous, ma pauvre enfant ! Savez-vous bien que vous m'avez coûté le bout du nez, un œil et une oreille ? Comme vous voilà faite ! Et qu'est-ce que ce monde ! » Cette nouvelle aventure les engagea à philosopher plus que jamais.

Il y avait dans le voisinage un derviche[2] très fameux, qui passait pour le meilleur philosophe de la Turquie ; ils allèrent le consulter ; Pangloss porta la parole, et lui dit : « Maître, nous venons vous prier

1. Léthargie : sommeil profond.
2. Derviche : religieux musulman.

de nous dire pourquoi un aussi étrange animal que l'homme a été formé.

– De quoi te mêles-tu ? dit le derviche, est-ce là ton affaire ? – Mais, mon Révérend Père, dit Candide, il y a horriblement de mal sur la terre. – Qu'importe, dit le derviche, qu'il y ait du mal ou du bien ? Quand Sa Hautesse envoie un vaisseau en Égypte, s'embarrasse-t-elle si les souris qui sont dans le vaisseau sont à leur aise ou non ? – Que faut-il donc faire ? dit Pangloss. – Te taire, dit le derviche. – Je me flattais, dit Pangloss, de raisonner un peu avec vous des effets et des causes, du meilleur des mondes possibles, de l'origine du mal, de la nature de l'âme et de l'harmonie préétablie. » Le derviche, à ces mots, leur ferma la porte au nez.

Pendant cette conversation, la nouvelle s'était répandue qu'on venait d'étrangler à Constantinople deux vizirs du banc et le muphti[1], et qu'on avait empalé plusieurs de leurs amis. Cette catastrophe faisait partout un grand bruit pendant quelques heures. Pangloss, Candide et Martin, en retournant à la petite métairie, rencontrèrent un bon vieillard qui prenait le frais à sa porte sous un berceau d'orangers. Pangloss, qui était aussi curieux que raisonneur, lui demanda comment se nommait le muphti qu'on venait d'étrangler. « Je n'en sais rien, répondit le bonhomme, et je n'ai jamais su le nom d'aucun muphti ni d'aucun vizir. J'ignore absolument l'aventure dont vous me parlez ; je présume qu'en général ceux qui se mêlent des affaires publiques périssent quelquefois misérablement, et qu'ils le méritent ; mais je ne m'informe jamais de ce qu'on fait à Constantinople ; je me contente d'y envoyer vendre les fruits du jardin que je cultive. » Ayant dit ces mots, il fit entrer les étrangers dans sa maison : ses deux filles et ses deux fils leur présentèrent plusieurs sortes de sorbets qu'ils faisaient eux-mêmes, du kaïmac[2] piqué d'écorces de cédrat confit, des oranges, des citrons, des limons[3],

1. Vizirs du banc : ministres du conseil du sultan ; **muphti** : chef religieux musulman.
2. Kaïmac : yaourt glacé turc.
3. Cédrat, limons : sortes de citron.

des ananas, des pistaches, du café de Moka qui n'était point mêlé avec le mauvais café de Batavia et des îles[1]. Après quoi les deux filles de ce bon musulman parfumèrent les barbes de Candide, de Pangloss et de Martin.

« Vous devez avoir, dit Candide au Turc, une vaste et magnifique terre ? – Je n'ai que vingt arpents[2], répondit le Turc ; je les cultive avec mes enfants ; le travail éloigne de nous trois grands maux : l'ennui, le vice, et le besoin. »

Candide, en retournant dans sa métairie, fit de profondes réflexions sur le discours du Turc. Il dit à Pangloss et à Martin : « Ce bon vieillard me paraît s'être fait un sort bien préférable à celui des six rois avec qui nous avons eu l'honneur de souper. – Les grandeurs, dit Pangloss, sont fort dangereuses, selon le rapport de tous les philosophes : car enfin Églon, roi des Moabites, fut assassiné par Aod ; Absalon fut pendu par les cheveux et percé de trois dards ; le roi Nadab, fils de Jéroboam, fut tué par Baaza ; le roi Éla, par Zambri ; Ochosias, par Jéhu ; Athalia, par Joïada ; les rois Joachim, Jéchonias, Sédécias[3], furent esclaves. Vous savez comment périrent Crésus, Astyage, Darius, Denys de Syracuse, Pyrrhus, Persée, Annibal, Jugurtha, Arioviste, César, Pompée, Néron, Othon, Vitellius, Domitien[4], Richard II d'Angleterre, Édouard II, Henri VI, Richard III, Marie Stuart, Charles Ier, les trois Henri de France, l'empereur Henri IV[5] ? Vous savez... – Je sais aussi, dit Candide, qu'il faut cultiver notre jardin. – Vous avez raison, dit Pangloss : car, quand l'homme fut mis dans le jardin d'Éden, il y fut mis *ut operaretur eum*[6], pour qu'il travaillât, ce qui prouve que l'homme n'est pas né pour le repos. – Travaillons sans raisonner, dit Martin ; c'est le seul moyen de rendre la vie supportable. »

1. Moka : port du Yémen ; **Batavia** : actuelle Jakarta (à Java), capitale de l'Indonésie ; **îles** : Antilles.
2. Vingt arpents : environ 7 hectares.
3. Rois de l'Ancien Testament qui sont morts assassinés.
4. Personnages de l'Antiquité gréco-romaine qui connurent une fin tragique.
5. Souverains européens de l'époque moderne qui connurent une fin tragique.
6. *Ut operaretur eum* : pour qu'il le travaille (en latin, citation de la Genèse, 2,15).

Toute la petite société entra dans ce louable dessein ; chacun se mit à exercer ses talents. La petite terre rapporta beaucoup. Cunégonde était à la vérité bien laide ; mais elle devint une excellente pâtissière ; Paquette broda ; la vieille eut soin du linge. Il n'y eut pas jusqu'à frère Giroflée qui ne rendît service ; il fut un très bon menuisier, et même devint honnête homme ; et Pangloss disait quelquefois à Candide : « Tous les événements sont enchaînés dans le meilleur des mondes possibles ; car enfin, si vous n'aviez pas été chassé d'un beau château à grands coups de pied dans le derrière pour l'amour de Mlle Cunégonde, si vous n'aviez pas été mis à l'Inquisition, si vous n'aviez pas couru l'Amérique à pied, si vous n'aviez pas donné un bon coup d'épée au baron, si vous n'aviez pas perdu tous vos moutons du bon pays d'Eldorado, vous ne mangeriez pas ici des cédrats confits et des pistaches. – Cela est bien dit, répondit Candide, mais il faut cultiver notre jardin. »

Arrêt sur lecture 4

Pour comprendre l'essentiel

Des retrouvailles en demi-teinte

❶ Dans les deux derniers chapitres du conte, Candide retrouve la plupart de ses compagnons de la baronnie. Précisez quels sont ceux qui ont évolué et quels sont ceux qui tiennent toujours les mêmes discours.

❷ Au début du chapitre 30, l'atmosphère qui règne dans la métairie est plutôt mauvaise. Relevez les termes qui caractérisent les personnages et expliquez les motifs de leur déception.

❸ Le baron étant opposé au mariage de Candide avec sa sœur, le héros est contraint de l'exclure de la métairie. Montrez en quoi cette scène relève du comique de répétition, et précisez dans quelle mesure cet épisode contient une critique implicite des valeurs de l'Ancien Régime.

La fin du voyage

❹ Les personnages sont arrivés au terme de leurs voyages et se retrouvent tous à Constantinople. Relevez le vocabulaire de l'exotisme et de l'orient qui caractérise ce lieu, et montrez que ce champ lexical contribue à faire de ce dernier chapitre le dénouement d'un conte.

Candide

❺ La fin du conte se déroule dans une métairie en Turquie. Expliquez en quoi ce petit «paradis» créé par Candide s'oppose en tout point au paradis perdu de Westphalie (chapitre 1).

❻ Candide tire des leçons de ses expériences. Montrez qu'il a le mot de la fin et expliquez dans quelle mesure le naïf héros est devenu un personnage réfléchi.

De l'optimisme au pragmatisme

❼ À la question de Pangloss et de Candide sur l'origine du mal, le vieux derviche rencontré au chapitre 30 répond : «Quand Sa Hautesse envoie un vaisseau en Égypte, s'embarrasse-t-elle si les souris qui sont dans le vaisseau sont à leur aise ou non ?» (p. 132). Expliquez cette allégorie.

❽ Un vieillard turc explique à «la petite société» que «le travail éloigne de nous trois grands maux : l'ennui, le vice, et le besoin» (p. 133). Précisez en quoi les compagnons de Candide incarnent chacun de ces maux au début du chapitre 30, et montrez comment le dernier paragraphe du conte prouve que cette rencontre avec le bon vieillard les a fait évoluer.

❾ «Il faut cultiver notre jardin», dit Candide au terme du conte. Proposez différentes interprétations de cette conclusion.

> *Rappelez-vous !*
>
> • La **quête du bonheur** est un thème de prédilection des philosophes des Lumières. Dans *Candide*, cette quête prend différentes formes : regret du paradis perdu de Westphalie, découverte de la société utopique de l'Eldorado. Elle s'achève au chapitre 30 par une leçon qui propose une voie possible vers le bonheur : le travail, remède contre toutes les illusions.
>
> • Le **dénouement d'un conte philosophique** a deux fonctions : clore le récit et proposer une leçon. Au terme de son voyage, Candide retrouve ses compagnons et achève son apprentissage. La formule finale «il faut cultiver son jardin» signifie qu'il faut plutôt chercher à agir que se livrer à de vaines spéculations métaphysiques, et invite à choisir une morale pragmatique.

Arrêt sur lecture 4

Vers l'oral du Bac

Analyse du chapitre 30, l. 66-141, p. 131-134

☞ Montrer en quoi ce passage présente les caractéristiques d'un dénouement de conte philosophique

Conseils pour la lecture à voix haute

– Essayez de rendre compte de la variété des formes de discours (dialogue et récit).
– Entraînez-vous à lire soigneusement la litanie des rois cités par Pangloss avant de présenter le texte à l'oral.

Analyse du texte

■ Introduction rédigée

Dans les deux derniers chapitres du conte, Candide retrouve la plupart de ses compagnons ainsi que la femme aimée, Cunégonde. Le héros achève sa quête du bonheur dans les dernières lignes du texte. En Turquie, il fait deux rencontres déterminantes qui vont parfaire sa formation : celle d'un « derviche très fameux » et celle d'un « bon vieillard ». C'est à travers l'exemple de ces personnages que Candide se défait de ses illusions pour se montrer plus réaliste, et qu'il choisit d'adopter une morale sage et simple : « il faut cultiver notre jardin ». Le conte philosophique étant une forme narrative brève, la conclusion est essentielle et comporte une leçon. On essaiera dès lors de déterminer en quoi cet extrait présente les caractéristiques d'un dénouement de conte philosophique en étudiant l'évolution des personnages et les enseignements qu'ils tirent de leurs expériences.

Candide

■ *Analyse guidée*

I. Le dénouement d'un conte

a. Les compagnons de Candide sont d'humeur à philosopher et cherchent un interlocuteur. Ils rencontrent un « derviche très fameux ». Précisez quels sont les éléments de ce passage (formule initiale, formes de discours) qui appartiennent au genre du conte et qui rendent le récit plaisant.

b. Le cadre de cet extrait est celui d'une fiction orientale. Indiquez les procédés qui mettent en place cet univers exotique et précisez quel est l'intérêt de ce choix.

c. Le dénouement de *Candide* relève du merveilleux. Identifiez-en quelques exemples caractéristiques.

II. L'évolution des personnages

a. Candide rencontre un derviche et un vieillard turc. Expliquez quel est le rôle de ces deux personnages dans l'évolution du jeune héros.

b. Le bon vieillard turc engage les habitants de la métairie à travailler, et « toute la petite société entr[e] dans ce louable dessein » (p. 134). Expliquez quelles sont les conséquences de cette résolution et montrez dans quelle mesure les compagnons de Candide ont évolué depuis le début du conte.

c. Pangloss continue à disserter sur les causes et les effets pour justifier tous les événements. Relisez ses démonstrations et, en vous appuyant sur les réactions de ses compagnons, dites quel effet produisent désormais ses raisonnements sur ses interlocuteurs.

III. Les leçons du conte philosophique

a. Les lignes 81-83 et 112-121 évoquent la déchéance ou l'assassinat de dignitaires turcs et de rois célèbres. Relevez les procédés ironiques que Voltaire emploie pour dénoncer l'illusion du pouvoir dans ces deux passages.

b. Voltaire oppose les figures du derviche et du bon vieillard à celle de Pangloss. En analysant les discours de ces personnages, expliquez comment l'auteur de *Candide* dénonce la vanité de la métaphysique.

c. Dans le dernier paragraphe du conte, tous les compagnons de Candide se sont mis au travail. Relevez le champ lexical des activités artisanales ainsi que les procédés qui les valorisent, et proposez une interprétation de la leçon finale.

Arrêt sur lecture 4

■ *Conclusion rédigée*

Le conte philosophique de Voltaire se clôt sur une leçon pragmatique et proverbiale : « il faut cultiver notre jardin ». Au terme d'un périple qui lui aura fait traverser la moitié du monde et affronter des épreuves innombrables, Candide n'est plus le naïf jeune homme de Westphalie qui écoutait béatement les leçons d'optimisme délivrées par Pangloss. Sa formation achevée, il propose à ses compagnons une philosophie de l'action qui s'oppose à la vaine métaphysique de son ancien maître. La forme classique et plaisante du conte permet ainsi à Voltaire de divertir le lecteur tout en dénonçant les illusions du pouvoir et de la métaphysique.

Les trois questions de l'examinateur

Question 1. Au fil de son voyage initiatique, Candide rencontre trois formes du paradis (chap. 1, 17-18 et 30). Vous les comparerez et étudierez leurs rôles dans l'évolution du personnage.

Question 2. Dans quelle mesure le chapitre 30 de *Candide* est-il une parodie de dénouement de conte ?

Question 3. Expliquez la postérité de la dernière phrase du conte.

2 Conclusion rédigée

La carte philosophique de Voltaire se doit sur une façon pragmatique et provocatrice : si l'eût enfin -même Platon. Au terme d'un périple qu'il a dû se faire traverser à travers le temps et l'alternate des époques, incontestablement Voltaire vient plus le naïf digne homme de Westphalie qu'il a côtoyé pendant les leçons d'optimisme délivrées par Pangloss. Sa position actualisée, il propose à ses compagnons une philosophie de la mesure qui suppose à sa façon de la biochimie de son ancien maître : inconvénients qui se présente du conte permet ainsi à Voltaire de, à la fois, se référer à lui en dénonçant les illusions du pouvoir et de la métaphysique.

Les trois questions de l'examinateur

Question 1. Au fil de son voyage initiatique, Candide rencontre trois femmes ou pseudo (chap. 5, 7, 18 et 20). À vous les comparer et étudier leurs rôles dans l'évolution du personnage.

Question 2. Dans quelle mesure peut-on à la fin de ce conte chercher une parodie du dénouement du conte ?

Question 3. Expliquez la portée de la dernière phrase du conte.

Le tour de l'œuvre en 8 fiches

Sommaire

Fiche 1	Voltaire en 20 dates	142
Fiche 2	L'œuvre dans son contexte	143
Fiche 3	La structure de l'œuvre	144
Fiche 4	Les grands thèmes de l'œuvre	146
Fiche 5	Le conte philosophique	148
Fiche 6	Les formes de l'argumentation	150
Fiche 7	Le siècle des Lumières	152
Fiche 8	Citations	154

Candide

Fiche 1

Voltaire en 20 dates

1694	Naissance de François-Marie Arouet à Paris.
1704	Études chez les jésuites au collège Louis-le-Grand à Paris.
1717	Emprisonnement à la Bastille pour ses vers satiriques hostiles au Régent.
1718	Succès de la tragédie *Œdipe*. Choix du pseudonyme de Voltaire.
1726	Conflit avec le chevalier de Rohan, emprisonnement à la Bastille puis exil en Angleterre.
1733	Liaison avec Mme du Châtelet.
1734	Publication des *Lettres philosophiques*. Fuite à Cirey (Champagne) chez Mme du Châtelet.
1736	Publication du poème satirique *Le Mondain*.
1745	Retour à Paris. Voltaire est nommé historiographe du roi.
1746	Élection à l'Académie française.
1748	Publication du conte oriental *Zadig ou la Destinée*. Disgrâce à la cour de France.
1750	Départ pour Berlin. Voltaire se rend à la cour de Frédéric II, roi de Prusse.
1755	Rédaction du *Poème sur le désastre de Lisbonne* après le séisme du mois de novembre.
1759	**Publication de *Candide ou l'Optimisme*.**
1760	Installation à Ferney (frontière franco-suisse).
1762	Engagement dans l'affaire Calas.
1764	Publication du *Dictionnaire philosophique*.
1767	Publication de *L'Ingénu*.
1778	Retour triomphal à Paris. Mort de Voltaire le 30 mai.

Fiche 2

L'œuvre dans son contexte

Un siècle agité

À la mort de Louis XIV, Louis XV n'a que cinq ans. Le pouvoir est alors confié à Philippe d'Orléans. **La Régence (1715-1723)** est une période de réaction contre l'austérité des précédentes années. Le Régent installe sa cour à Paris et s'entoure de peintres et de musiciens. Les persécutions religieuses s'atténuent.

En 1723 débute le règne personnel de Louis XV. Progressivement, le **climat politique se dégrade**. La monarchie s'affaiblit un peu plus après la tentative d'assassinat du roi par Damiens (1757). En 1756 débute la **guerre de Sept Ans**. Ce conflit, évoqué dans le chapitre 3 de *Candide*, oppose l'Angleterre à la France d'une part, et la Prusse à l'Autriche d'autre part. La France sort très affaiblie de cet affrontement.

Le déclin de la France marque donc la fin du règne de Louis XV. Les principes de la monarchie absolue (concentration de tous les pouvoirs entre les mains du roi) sont alors remis en question, en témoignent les écrits du siècle, qui diffusent de nouvelles valeurs : la liberté, la tolérance et le bonheur.

L'esprit des Lumières

Fédérés autour de la rédaction de l'*Encyclopédie* à partir de 1750, des écrivains et des philosophes, comme Diderot et d'Alembert, souhaitent faire la synthèse des connaissances pour les diffuser auprès d'un large public. Cet ouvrage monumental (dix-sept volumes d'articles et onze de planches) incarne l'entreprise des Lumières. Conçue comme un dictionnaire, **l'*Encyclopédie* rassemble et classe les connaissances et les idées nouvelles**.

Les auteurs prennent pour guide la **raison de l'homme**. Rousseau fustige les inégalités politiques et sociales en démontrant que leur cause n'est pas naturelle dans le *Discours sur l'origine et les fondements de l'inégalité parmi les hommes* (1755). **Montesquieu** éveille l'esprit critique de ses contemporains sur des sujets comme l'esclavage dans *De l'esprit des lois* (1748).

Déjouer la censure

Pour rendre publiques leurs idées contestataires, les philosophes déjouent la censure, sous peine d'être emprisonnés ou exilés. Ils ont recours à divers moyens tels que **l'impression à l'étranger ou la publication clandestine en France**. Les *Lettres persanes* et *De l'esprit des lois* de Montesquieu ont ainsi été publiés anonymement en Hollande, *Candide* de Voltaire a été diffusé depuis Genève.

Toutefois, **la ressource la plus efficace pour être publié sans être inquiété reste celle de l'argumentation indirecte** : les philosophes des Lumières, et en particulier Voltaire, font de l'implicite une arme redoutable.

Fiche 3

La structure de l'œuvre

Chapitres 1-16
La fuite de Candide

Lieu	Action
Westphalie	Candide, jeune homme naïf, vit dans un château de Westphalie chez son oncle, le baron de Thunder-ten-tronckh aux côtés du philosophe optimiste Pangloss. Il est chassé de ce paradis d'enfance pour avoir embrassé Cunégonde, la fille du baron (chap. 1) et est aussitôt enrôlé dans l'armée bulgare (chap. 2).
Hollande	Après avoir assisté à une bataille entre Abares et Bulgares, Candide se sauve en Hollande. Il est recueilli par l'anabaptiste Jacques (chap. 3) et retrouve Pangloss, défiguré par la vérole. Le philosophe lui apprend la destruction du château de Thunder-ten-tronckh et la mort de Cunégonde (chap. 4).
Lisbonne Cadix	Candide et Pangloss décident de suivre Jacques et embarquent pour Lisbonne où ils assistent à un terrible tremblement de terre (chap. 5). Arrivés à terre, Pangloss, accusé d'être un hérétique, est pendu et Candide fouetté (chap. 6). Candide est alors recueilli par une vieille femme qui l'emmène dans une demeure où il retrouve Cunégonde qui lui raconte ses malheurs : elle a été vendue au juif don Issacar qui la partage avec le grand inquisiteur (chap. 7 et 8). Candide tue ces deux hommes ; il s'enfuit avec Cunégonde et la vieille (chap. 9). Ils chevauchent vers Cadix puis s'embarquent pour le Nouveau Monde (chap. 10).
Buenos-Aires Paraguay	Pendant le voyage, la vieille leur raconte sa tragique destinée (chap. 11 et 12). Les trois compagnons arrivent à Buenos-Aires. Le gouverneur de cette ville voulant épouser Cunégonde (chap. 13), Candide se sépare de sa bien-aimée et se rend chez les jésuites du Paraguay avec son valet Cacambo. Il y retrouve le frère de Cunégonde (chap. 14), qui refuse de voir sa noble sœur mariée à Candide. Candide tue alors le jeune baron et s'enfuit de nouveau (chap. 15). Prisonniers de la tribu cannibale des Oreillons, Candide et Cacambo prennent encore une fois la fuite (chap. 16).

Chapitres 17-30
La quête du bonheur

Lieu	Action
Eldorado Surinam	Après avoir erré à travers l'Amazonie, Candide et Cacambo arrivent dans une contrée paradisiaque où les hommes ne connaissent que le bonheur et l'abondance: l'Eldorado (chap. 17). Bien qu'il soit couvert de richesses, Candide décide de repartir à la recherche de Cunégonde (chap. 18). Arrivé à Surinam, il rencontre un esclave amputé et découvre les horreurs de l'esclavage. Cacambo part alors en mission pour retrouver Cunégonde au Paraguay, tandis que Candide s'apprête à se rendre en Europe pour l'y attendre (chap. 19).
France	Candide embarque pour la France en compagnie du philosophe pessimiste Martin. Lors de la traversée, ils échangent leurs points de vue sur le comportement des hommes (chap. 20 et 21). Candide découvre Paris et est victime des travers sociaux et moraux de ses habitants, trahi et abusé par les uns et les autres. Déçu, il part pour l'Angleterre (chap. 22).
Venise	Sur le point d'accoster en Angleterre, Candide assiste avec Martin à l'exécution d'un amiral. Candide préfère détourner sa route vers Venise (chap. 23) où il rencontre l'ancienne servante de la baronnie de Westphalie, Paquette, et son amant, le moine Giroflée (chap. 24). Candide et Martin rendent visite à Pococuranté, un sénateur vénitien comblé mais désabusé (chap. 25). Lors du carnaval, au cours d'un dîner en compagnie de six rois détrônés, Candide retrouve Cacambo qui lui apprend que Cunégonde est esclave en Propontide (chap. 26).
Constantinople Rives de la Propontide	En route pour Constantinople, Candide reconnaît deux galériens sur le bateau: Pangloss et le jeune baron. Il rachète leur liberté (chap. 27 et 28). Candide retrouve Cunégonde qui a considérablement enlaidi. Il l'épouse. Toute la petite société s'installe dans une métairie (chap. 29). Le baron, toujours opposé à ce mariage, est renvoyé aux galères. Suivant l'exemple d'un bon vieillard turc, Candide propose à ses amis une nouvelle philosophie de vie: «il faut cultiver notre jardin» (chap. 30).

Fiche 4
Les grands thèmes de l'œuvre

Voyage et initiation

Dans *Candide*, Voltaire raconte le voyage initiatique de son héros éponyme. Après avoir été chassé de Thunder-ten-tronckh, ce jeune homme naïf **découvre au cours de son périple la réalité du monde**. De la Westphalie à la Turquie, en passant par la Guyane et Venise, il est sans cesse confronté au bien et au mal.

L'exotisme est au cœur de l'œuvre puisque le héros quitte l'Ancien Monde pour aller vers le Nouveau Monde, il visite des contrées inconnues, et découvre des faits culturels pittoresques ou décalés. Il fait également des **rencontres marquantes** qui sont l'occasion d'écouter les récits des autres personnages (récits enchâssés dans la narration de Cunégonde, de la vieille, de Pangloss, du nègre de Surinam). Certains personnages sont des mentors pour le héros (Pangloss, Martin) ou des compagnons fidèles (Jacques, Cacambo).

L'amour est le moteur du voyage qui porte Candide à traverser le globe à la recherche de sa dulcinée Cunégonde. Cette passion ne l'empêche pas, toutefois, de succomber aux charmes d'une intrigante parisienne, qui initie le héros néophyte aux plaisirs charnels. C'est précisément à Paris puis à Venise que Candide découvre les travers d'une société corrompue et désenchantée.

Cette formation sociale et sentimentale est pourtant si hâtive et incohérente qu'elle évoque parfois une parodie de roman d'apprentissage. Les compagnons du héros ressuscitent régulièrement quand on les croyait morts, sa bien-aimée se révèle assez libertine et n'hésite pas à accorder ses faveurs à deux religieux en même temps (chap. 8). Quant au doux et naïf Candide, il est capable de « tuer en deux minutes un Juif et un prélat » pour l'amour d'une Cunégonde qu'il épouse finalement de mauvaise grâce (chap. 30). Cette invraisemblance des caractères et des situations tient au fait que Voltaire préfère s'intéresser aux **leçons morales que Candide tire de ses expériences**, plutôt qu'à son éducation sociale et sentimentale.

Le mal

Au cours de son périple, Candide rencontre le **mal sous toutes ses formes**, et chaque épreuve le fait réfléchir. Dans son *Dictionnaire philosophique*, Voltaire distingue le mal physique du mal moral.

Le mal physique est le mal qui vient de la nature. Il est abordé dans la première partie de *Candide* : maladie, tempête, naufrage, tremblement de terre. Voltaire ne critique pas l'existence du mal physique en soi, mais il critique l'interprétation des leibniziens qui soutiennent que le mal doit être pensé en fonction de l'ensemble du monde.

Le mal moral est le mal causé par l'homme. Il est surtout évoqué dans la

seconde partie du conte: les guerres absurdes, le fanatisme religieux, la cupidité qui entraîne des abominations telles que l'esclavage et le commerce triangulaire, l'hypocrisie et la luxure des Parisiens, l'exploitation sexuelle des femmes (prostitution de Paquette, viol de Cunégonde, esclavage de la vieille). La découverte de ces maux porte peu à peu Candide à **remettre en question les théories optimistes de Pangloss**.

La quête du bonheur

Dans cette litanie de malheurs, Candide connaît toutefois le **bonheur à trois reprises**: à **Thunder-ten-tronckh** (chap. 1) symbole du bonheur illusoire, en **Eldorado** (chap. 17-18), utopie de la société idéale, et enfin dans la **métairie turque** (chap. 30) qui permet au héros de mettre en œuvre les leçons tirées de son voyage.

Au début du conte, le jeune Candide, nourri de philosophie leibnizienne auprès de Pangloss et persuadé de vivre dans «le meilleur des mondes possibles», est pourtant chassé de ce paradis originel et se retrouve confronté à la cruelle réalité. Son optimisme n'y résiste pas puisqu'il en arrive à le définir comme «**la rage de soutenir que tout est bien quand on est mal**» (p. 80) après la rencontre de l'esclave de Surinam (chap. 19).

L'Eldorado du chapitre 18 est le seul endroit où le mal n'a pas sa place. Le pouvoir en place est une monarchie libérale et égalitaire, les libertés individuelles y sont respectées, les richesses matérielles méprisées, les querelles religieuses et les tribunaux inexistants, le progrès valorisé.

Mais il s'agit là d'une **utopie construite par Voltaire pour critiquer en creux le monde réel** que traverse Candide. L'Eldorado est, en effet, une utopie dans la mesure où ce pays est présenté comme une organisation politique, sociale et juridique idéale. Le régime politique est fondé sur la liberté et l'égalité, la religion s'apparente à un culte déiste sans clergé ni dogme. Point de prisons ni de cours de justice. L'épisode de l'Eldorado est un chapitre intéressant dans la mesure où il offre au lecteur un **exposé des valeurs chères à Voltaire et aux écrivains des Lumières**: le progrès scientifique, l'amour des arts, la monarchie éclairée, l'égalité entre les citoyens, la justice.

Fiche 5

Le conte philosophique

Les caractéristiques du genre

Apparu au XVIII^e siècle, le conte philosophique est un genre hybride, où les ressorts du conte de fées sont détournés et où sont délivrées des problématiques philosophiques. Dans *Candide*, les traits traditionnels du conte sont présents dès l'incipit : l'action se déroule dans un château, l'époque est indéterminée, les personnages sont nobles pour la plupart.

Voltaire utilise, et parodie, certains procédés d'écriture du conte : portraits hyperboliques des personnages, naïveté du héros. Par ailleurs, il détourne aussi les caractéristiques du roman d'aventures : les épisodes du voyage initiatique (chap. 2-28) font suivre au lecteur l'évolution d'un héros qui apprend à penser par lui-même, qui retrouve sa bien-aimée après avoir affronté des épreuves avec l'aide de ses compagnons (Jacques, la vieille, Cacambo, Martin) et malgré ses opposants (le jeune baron, les Bulgares, le grand inquisiteur, Vanderdendur et l'abbé périgourdin).

Sous le voile de la fiction, Voltaire dénonce diverses formes d'injustices. *Candide* est, à cet égard, un conte philosophique représentatif de l'esprit des Lumières. Voltaire critique la hiérarchie sociale de l'Ancien Régime (chap. 1), les abus de l'Église et de l'Inquisition (chap. 6), les excès politiques et la guerre (chap. 3), l'esclavage et le commerce triangulaire (chap. 19).

Voltaire propose à la fin de son conte une morale pragmatique qui refuse la métaphysique. Dans la baronnie de l'incipit, le bonheur des personnages repose sur l'illusion de leur puissance. Dans l'Eldorado, les voies du bonheur sont utopiques. Dans sa métairie isolée du reste du monde, Candide installe ses compagnons à l'abri de l'oisiveté et des vicissitudes du monde, et leur apprend que le bonheur est dans l'activité présente.

La visée persuasive

Voltaire développe une argumentation indirecte et implicite. Il propose souvent un double niveau de lecture par le recours à l'ironie.

Dès l'incipit, les choix des noms propres sont particulièrement signifiants. La dureté du nom du baron souligne sa cruauté, le prénom de Candide caractérise le personnage et l'enferme dans une naïveté qui confine à la bêtise, le nom de Pangloss (qui veut dire « tout langage », en grec) indique de manière implicite la vacuité du discours de ce précepteur leibnizien. L'ironie de Voltaire se lit aussi dans la construction des raisonnements de Pangloss. Ils n'ont que l'apparence de la logique, car y sont renversés les effets et les causes (« les nez ont été faits pour porter des lunettes », p. 12), ce qui les

rend absurdes, et parfois même tragiques («la rade de Lisbonne avait été formée exprès pour que cet anabaptiste s'y noyât», p. 29).

Plusieurs chapitres de *Candide* sont des apologues à eux seuls, à savoir des petits récits chargés d'illustrer une morale. L'ironie voltairienne transforme la guerre en un spectacle outrageusement réaliste, dans le chapitre 3, pour dénoncer cette «boucherie héroïque». Le chapitre 6 présente une satire de l'Inquisition à travers le récit d'un «bel autodafé»; le ton neutre du narrateur, le pittoresque de la description sont tels que le décalage entre ce «spectacle» et la souffrance humaine qui en est la conséquence ne peuvent qu'indigner le lecteur.

Voltaire exploite ainsi les ressources de l'argumentation indirecte propres au conte philosophique car il s'agit pour lui non de convaincre le lecteur au moyen d'une argumentation directe et didactique, mais plutôt de le persuader tout en le divertissant.

Les leçons du conte philosophique

Quelle thèse Voltaire cherche-t-il à défendre dans son texte? Le chapitre 30, intitulé «Conclusion», se clôt sur cette phrase devenue proverbiale: «il faut cultiver notre jardin». En coupant la parole à Pangloss, Candide démontre à la fin du conte que tout raisonnement philosophique est vain et qu'il faut chercher le bonheur dans le «travail [qui] éloigne de nous trois grands maux, l'ennui, le vice et le besoin» (p. 133). **La leçon principale de *Candide* est donc une morale de l'action** qui refuse toute forme de dogmatisme. Il s'agit là d'une morale individuelle.

Mais Voltaire propose également en filigrane, dans *Candide*, un **modèle politique, social et religieux**, sous la forme d'un apologue et non d'une argumentation explicite. Ce modèle est présenté à travers l'utopie de l'Eldorado, sorte de parenthèse enchantée au cœur d'un voyage plein d'amertume et de désillusions.

La dimension narrative et divertissante du conte permet ainsi à l'auteur de **critiquer les travers de son époque tout en évitant les pesanteurs de l'argumentation directe et les écueils de la censure**. C'est sans doute ce mélange de fiction plaisante et d'enseignement moral qui explique que *Candide* a su convaincre et amuser les lecteurs du XVIII[e] siècle autant que ceux d'aujourd'hui.

Fiche 6
Les formes de l'argumentation

Un apologue efficace

L'apologue est un récit allégorique dont le lecteur peut tirer une leçon. La morale y est explicite ou implicite. On distingue, parmi les apologues, les *exempla* et fabliaux du Moyen Âge, les fables, contes, paraboles et utopies (voir glossaire, p. 190-191). *Candide* répond à cette définition de l'apologue dans la mesure où il s'agit d'une **fiction à visée argumentative qui invite le lecteur à réfléchir sur le monde et sur l'homme**. Dans *Le Taureau blanc*, Voltaire fait dire à la princesse Amaside qu'il faudrait que « sous le voile de la fable, [le conte] laissât entrevoir aux yeux exercés quelque vérité fine qui échappe au vulgaire ». Plaire et instruire à la fois, telles sont les fonctions du conte philosophique.

Dans *Candide*, la thèse de Voltaire est implicite, masquée par le merveilleux de la narration. Toutefois, le thème divertissant du voyage et le caractère naïf du héros servent le propos argumentatif de l'auteur. Chassé du paradis factice de Thunder-ten-tronckh, symbole d'un ordre ancien figé dans des préjugés aristocratiques, Candide découvre le monde réel où sévit le mal sous toutes ses formes. Au fil du conte, **l'expérience lui ouvre les yeux et lui fait perdre toutes ses illusions**, y compris les illusions métaphysiques dont il a été nourri par Pangloss.

Les procédés de l'argumentation

Pour éviter les foudres de la censure, Voltaire est contraint d'argumenter de manière indirecte, afin de persuader le lecteur d'adhérer à sa thèse. L'argumentation directe et didactique est d'ailleurs discréditée, dès le premier chapitre du conte. Les syllogismes du précepteur de Westphalie sont une parodie du discours leibnizien : « les pierres ont été formées pour être taillées, et pour en faire des châteaux, aussi monseigneur a un très beau château » (p. 12). Ici, Voltaire dénonce à la fois les privilèges de la noblesse et la caution injustifiée que leur offre la philosophie optimiste de Pangloss.

Voltaire a recours à l'ironie pour dénoncer les injustices du monde. Ainsi, l'emploi de l'antiphrase (qui consiste à suggérer une pensée en formulant l'idée contraire pour se moquer du discours adverse) est souvent plus efficace qu'une longue condamnation explicite. Par exemple, dans le chapitre 14, la portée ironique et critique du propos que le narrateur tient sur le gouvernement du Paraguay (« Los Padres y ont tout, et les peuples rien ; c'est le chef-d'œuvre de la raison et de la justice », p. 55) doit être décelée par le lecteur.

La thèse et les articulations argumentatives de Voltaire restent implicites. Au chapitre 19, par exemple, l'indignation de l'auteur

est perceptible à travers l'émotion que Candide manifeste lors de sa rencontre avec l'esclave de Surinam. Le décalage dû au regard naïf de Candide, étranger au monde réel, renforce les effets de l'argumentation implicite. Le jeune homme est successivement abusé par les soldats bulgares (chap. 2), le familier de l'Inquisition (chap. 5), le marchand hollandais (chap. 19), l'abbé périgourdin et la marquise de Parolignac (chap. 22), suscitant à chaque page la compassion d'un lecteur horrifié par cette peinture tragique d'un monde cruel et immoral.

Voltaire provoque le rire pour dénoncer les faits. Il emploie en effet l'arme de la **satire** pour convaincre son lecteur et le divertir à la fois. Il critique les défauts de la société sur un mode ironique, faisant souvent entendre au lecteur le contraire de ce qu'il écrit. «Rien n'était si beau, si leste, si brillant, si bien ordonné que les deux armées» n'apparaît comme une **antiphrase** qu'à la lumière de la phrase suivante «les canons formaient une harmonie telle qu'il n'y en eut jamais en enfer» (p. 22). Les **oxymores** décrivent la guerre comme une «boucherie héroïque» (p. 22), tandis que les **hyperboles** contribuent à dévaloriser le discours de Pangloss, «le plus grand philosophe de la province, et par conséquent de toute la terre» (p. 13).

Faire réfléchir le lecteur

Le genre plaisant du conte et les effets ironiques du style voltairien servent efficacement une **démonstration polémique**. À travers le regard naïf de Candide, l'auteur dénonce, de manière à la fois implicite et violente, la guerre, le fanatisme religieux, l'esclavage et toutes les formes d'abus de pouvoir, invitant ainsi le lecteur à la réflexion.

Le parcours initiatique du héros devient aussi celui du lecteur. L'évolution psychologique de Candide est une métaphore de l'évolution réflexive du lecteur. Tous deux se laissent porter par le merveilleux illusoire de la fiction avant de comprendre la leçon pragmatique à laquelle Voltaire les invite à réfléchir.

L'efficacité de l'apologue tient dans cette stratégie argumentative: **divertir le lecteur pour mieux l'instruire**, l'obliger à élaborer le sens implicite de la morale: «les livres les plus utiles sont ceux dont les lecteurs font eux-mêmes la moitié» (préface du *Dictionnaire philosophique* de Voltaire).

Fiche 7

Le siècle des Lumières

Le mot «Lumières» désigne de façon métaphorique un courant intellectuel et philosophique qui s'est développé en Europe au XVIIIᵉ siècle. Le siècle des Lumières est une période de profondes mutations intellectuelles et morales et de vive contestation politique, sociale et religieuse qui s'achève par un événement majeur: la Révolution française.

Héritage et contestation

Héritier de l'humaniste de la Renaissance, le philosophe des Lumières place l'homme au centre de la réflexion. Il s'inspire également du libertin du XVIIᵉ siècle qui refuse les dogmes et se caractérise par sa profonde indépendance d'esprit. Le mouvement qui fédère ces hommes de sciences et de lettres les porte à critiquer les institutions politiques et religieuses, à **lutter contre le fanatisme, l'obscurantisme et l'intolérance**.

Les écrivains des Lumières se servent de leur plume comme d'une arme et composent des **œuvres littéraires polémiques**: critique de l'intolérance dans les *Lettres persanes* de Montesquieu (1721), satire des guerres absurdes et de l'Inquisition dans *Candide* de Voltaire (1759), dénonciation des privilèges de la noblesse dans *Le Mariage de Figaro* de Beaumarchais (1784).

«Écrasons l'infâme», telle est la devise du conteur philosophe qui intervient dans des affaires judiciaires pour réhabiliter les victimes du fanatisme religieux (en 1762, affaire Calas; en 1765-1766, affaire du chevalier de La Barre).

Philosophes et écrivains

Les philosophes des Lumières ont foi dans le progrès humain. Ils aspirent à de nouvelles valeurs: le bonheur (fondé sur une harmonie individuelle et collective comme celle qui est évoquée dans l'Eldorado du chap. 18), la liberté (contre l'oppression religieuse et politique, contre la censure), l'égalité (contre toutes les formes d'exploitations telles que l'esclavage), et la tolérance (incarnée par le personnage de l'anabaptiste Jacques au chap. 3). Ces valeurs s'articulent autour d'un axe majeur: la **raison critique qui détourne l'esprit des préjugés et des dogmes**. Dans *Candide*, par exemple, le héros éponyme remet en question la philosophie optimiste de Pangloss lorsqu'il découvre au chapitre 19 l'abomination de l'esclavage.

Les écrivains prennent des libertés avec les formes traditionnelles pour leur préférer des genres plus légers. Les romans épistolaires (Montesquieu, *Lettres persanes*, 1721) et contes philosophiques (Voltaire, *Zadig*, 1748) sont autant de récits dont la vivacité et le charme viennent servir de manière efficace la critique morale ou sociale proposée par leurs auteurs.

Diffuser la connaissance

L'*Encyclopédie*, dirigée par Diderot et d'Alembert, est née de la volonté de faire la synthèse de toutes les connaissances humaines pour les diffuser auprès d'un large public. Cet ouvrage incarne le projet humaniste des Lumières et devient la plus vaste entreprise éditoriale depuis l'invention de l'imprimerie.

Les salons, tenus par des femmes cultivées comme Mme de Tencin ou Mlle de Lespinasse, sont des lieux où les philosophes débattent dans une atmosphère raffinée. Ils favorisent la liberté de pensée et la diffusion des idées nouvelles.

Les académies, qui naissent à Paris et en province, contribuent aussi à la diffusion du savoir, comme certains journaux (*Journal des savants*, *Mercure de France*). Dans les premiers cafés, comme le Procope ou le Café de la Régence, philosophes et curieux se rassemblent pour parler de théâtre ou de politique.

Candide, une œuvre des Lumières

Dans son conte, Voltaire défend les valeurs essentielles de l'esprit philosophique du siècle des Lumières. L'épisode de l'Eldorado est d'ailleurs un chapitre intéressant à cet égard puisqu'il offre au lecteur un exposé de ces valeurs : le progrès scientifique, l'amour des arts, la monarchie éclairée, l'égalité entre les citoyens et la justice. À travers la caricature des barons de Thunder-ten-tronckh figés dans leurs préjugés (chap. 1, 15, 29), lors de l'épisode de la rencontre de l'esclave de Surinam (chap. 19), et dans le chapitre sur les six rois détrônés (chap. 26), on peut lire en creux une critique des institutions politiques et sociales héritées de l'Ancien Régime ainsi que des systèmes économiques comme le commerce triangulaire. De même, la description des pratiques absurdes et cruelles de l'Inquisition et les injustices des jésuites au Paraguay sont une manière de dénoncer violemment l'obscurantisme religieux.

Candide est aussi une œuvre de son siècle dans la mesure où ce conte témoigne de l'esprit des Lumières à travers les thèmes qu'il aborde. **Le goût de l'expérience, du voyage et de l'ailleurs** qui caractérise les œuvres du $XVIII^e$ siècle (Diderot, Montesquieu) apparaît ainsi dans le conte de Voltaire : le héros part pour le Nouveau Monde à la recherche d'une société idéale, avant de revenir en Europe et en Orient pour y retrouver Cunégonde et achever sa formation.

***Candide* se fait aussi l'écho des doutes et des questions de Voltaire**. Le débat sur le thème de la nature qui l'oppose à Rousseau se lit en creux dans le conte philosophique. L'épisode des Oreillons est une réponse ironique de Voltaire aux thèses de Rousseau. Il y caricature l'état de nature rousseauiste pour lui opposer le modèle du jardin productif et civilisé du dernier chapitre de son conte.

Fiche 8

Citations

Candide

« Il avait le jugement assez droit, avec l'esprit le plus simple ; c'est, je crois, pour cette raison qu'on le nommait Candide. »

Chapitre 1.

« Rien n'était si beau, si leste, si brillant, si bien ordonné que les deux armées. »

Chapitre 3.

« L'amour, le consolateur du genre humain, le conservateur de l'univers, l'âme de tous les êtres sensibles. »

Chapitre 4.

« Les malheurs particuliers font le bien général, de sorte que plus il y a de malheurs particuliers, et plus tout est bien. »

Chapitre 4.

« Quand nous travaillons aux sucreries, et que la meule nous attrape le doigt, on nous coupe la main ; quand nous voulons nous enfuir, on nous coupe la jambe : je me suis trouvé dans les deux cas. C'est à ce prix que vous mangez du sucre en Europe. »

Chapitre 19.

« Qu'est-ce qu'optimisme ? disait Cacambo.
— Hélas ! dit Candide, c'est la rage de soutenir que tout est bien quand on est mal. »

Chapitre 19.

« Dans ce pays-ci il est bon de tuer de temps en temps un amiral pour encourager les autres. »

Chapitre 23.

« Le travail éloigne de nous trois grands maux : l'ennui, le vice, et le besoin. »

Chapitre 30.

« Il faut cultiver notre jardin. »

Chapitre 30.

À propos de *Candide*

« J'ai lu enfin *Candide* ; il faut avoir perdu le sens pour m'attribuer cette coïonnerie : j'ai, Dieu merci, de meilleures occupations. Si je pouvais excuser jamais l'Inquisition, je pardonnerais aux Inquisiteurs du Portugal d'avoir pendu le raisonneur Pangloss pour avoir soutenu l'optimisme. En effet, cet optimisme détruit visiblement les fondements de notre sainte religion ; il mène à la fatalité ; il fait regarder la chute de l'homme comme une fable, et la malédiction prononcée par Dieu même contre la terre comme vaine. C'est le sentiment de toutes les personnes religieuses et instruites : elles regardent l'optimisme comme une impiété affreuse. »

Voltaire, lettre du 15 mars 1759 au pasteur Vernes.

« C'est pour combattre Leibniz qu'il a composé *Candide*. Il prit une humeur singulière contre les causes finales, l'optimisme, le libre arbitre, enfin contre toutes ces opinions philosophiques qui relèvent la dignité de l'homme, et il fit *Candide*, cet ouvrage d'une gaieté infernale, car il semble écrit par un être d'une autre nature que nous, indifférent à notre sort, content de nos souffrances et riant comme un démon, ou comme un singe, des misères de cette espèce humaine avec laquelle il n'a rien de commun. »

Mme de Staël, *De l'Allemagne*, 1810.

« La fin de *Candide* est ainsi pour moi la preuve criante d'un génie de premier ordre. La griffe du lion est marquée dans cette conclusion tranquille, bête comme la vie. »

Gustave Flaubert, *Correspondance*, 1852.

« *Candide* n'est pas, même de loin, une représentation du monde [...]. Les réalités qu'il contient sont portées à une dimension caricaturale excluant toute commune mesure. »

Jean Starobinski, *Le Remède dans le mal*, Gallimard, 1989.

Groupements de textes

La quête du bonheur au siècle des Lumières

Montesquieu, *Lettres persanes*

Montesquieu (1689-1755) publie en 1721 un roman épistolaire, les *Lettres persanes*, où il raconte le voyage de deux seigneurs persans en Europe : Usbek et Rica. Pendant les huit années de leur séjour, les deux persans écrivent à leurs amis. Cette correspondance dépeint d'un œil faussement naïf les mœurs de la société occidentale, et notamment parisienne. Dans les lettres XI-XIV, Usbek développe une allégorie politique en racontant l'histoire des Troglodytes, peuple imaginaire ayant trouvé le bonheur dans la pratique de la vertu.

LETTRE XII

USBEK AU MÊME

À Ispahan

Tu as vu, mon cher Mirza, comment les Troglodytes périrent par leur méchanceté même et furent les victimes de leurs propres injustices. De tant de familles, il n'en resta que deux qui échappèrent aux malheurs de la Nation. Il y avait dans ce pays

deux hommes bien singuliers : ils avaient de l'humanité ; ils connaissaient la justice ; ils aimaient la vertu. Autant liés par la droiture de leur cœur que par la corruption de celui des autres, ils voyaient la désolation générale et ne la ressentaient que par la pitié ; c'était le motif d'une union nouvelle. Ils travaillaient avec une sollicitude commune pour l'intérêt commun ; ils n'avaient de différends que ceux qu'une douce et tendre amitié faisait naître ; et, dans l'endroit du pays le plus écarté, séparés de leurs compatriotes indignes de leur présence, ils menaient une vie heureuse et tranquille. La terre semblait produire d'elle-même, cultivée par ces vertueuses mains.

Ils aimaient leurs femmes, et ils en étaient tendrement chéris. Toute leur attention était d'élever leurs enfants à la vertu. Ils leur représentaient sans cesse les malheurs de leurs compatriotes et leur mettaient devant les yeux cet exemple si triste ; ils leur faisaient surtout sentir que l'intérêt des particuliers se trouve toujours dans l'intérêt commun ; que vouloir s'en séparer, c'est vouloir se perdre ; que la vertu n'est point une chose qui doive nous coûter ; qu'il ne faut point la regarder comme un exercice pénible ; et que la justice pour autrui est une charité pour nous.

Ils eurent bientôt la consolation des pères vertueux, qui est d'avoir des enfants qui leur ressemblent. Le jeune peuple qui s'éleva sous leurs yeux s'accrut par d'heureux mariages : le nombre augmenta ; l'union fut toujours la même, et la vertu, bien loin de s'affaiblir dans la multitude, fut fortifiée, au contraire, par un plus grand nombre d'exemples.

Qui pourrait représenter ici le bonheur de ces Troglodytes ? Un peuple si juste devait être chéri des dieux. Dès qu'il ouvrit les yeux pour les connaître, il apprit à les craindre, et la religion vint adoucir dans les mœurs ce que la nature y avait laissé de trop rude.

Ils instituèrent des fêtes en l'honneur des dieux : les jeunes filles, ornées de fleurs, et les jeunes garçons, les célébraient par leurs danses et par les accords d'une musique champêtre. On faisait ensuite des festins où la joie ne régnait pas moins que la frugalité. C'était dans ces assemblées que parlait la nature naïve : c'est là qu'on apprenait à donner le cœur et à le recevoir ; c'est là que la pudeur virginale faisait en rougissant un aveu surpris, mais

bientôt confirmé par le consentement des pères ; et c'est là que les tendres mères se plaisaient à prévoir par avance une union douce et fidèle.

On allait au temple pour demander les faveurs des dieux ; ce n'était pas les richesses et une onéreuse abondance : de pareils souhaits étaient indignes des heureux Troglodytes ; ils ne savaient les désirer que pour leurs compatriotes. Ils n'étaient au pied des autels que pour demander la santé de leurs pères, l'union de leurs frères, la tendresse de leurs femmes, l'amour et l'obéissance de leurs enfants. Les filles y venaient apporter le tendre sacrifice de leur cœur et ne leur demandaient d'autre grâce que celle de pouvoir rendre un Troglodyte heureux.

Le soir, lorsque les troupeaux quittaient les prairies, et que les bœufs fatigués avaient ramené la charrue, ils s'assemblaient, et, dans un repas frugal, ils chantaient les injustices des premiers Troglodytes et leurs malheurs, la vertu renaissante avec un nouveau peuple et sa félicité. Ils célébraient les grandeurs des dieux, leurs faveurs toujours présentes aux hommes qui les implorent ; et leur colère inévitable à ceux qui ne les craignent pas ; ils décrivaient ensuite les délices de la vie champêtre et le bonheur d'une condition toujours parée de l'innocence. Bientôt ils s'abandonnaient à un sommeil que les soins et les chagrins n'interrompaient jamais.

La nature ne fournissait pas moins à leurs désirs qu'à leurs besoins. Dans ce pays heureux, la cupidité était étrangère : ils se faisaient des présents où celui qui donnait croyait toujours avoir l'avantage. Le peuple troglodyte se regardait comme une seule famille : les troupeaux étaient presque toujours confondus ; la seule peine qu'on s'épargnait ordinairement, c'était de les partager.

D'Erzeron, le 6 de la lune de Gemmadi 2, 1711.

Montesquieu, *Lettres persanes* [1721], Belin-Gallimard, « Classico », 2013.

Voltaire, *Le Mondain*

Le Mondain est un poème satirique de Voltaire (1694-1778) publié en 1736 dans lequel le philosophe des Lumières fait l'éloge du progrès et de son siècle. Récusant les valeurs religieuses qui fondent l'idée du bonheur sur le sacrifice et l'austérité, Voltaire décrit son époque comme l'âge de l'abondance et du luxe, et affirme que les raffinements de la civilisation augmentent le bonheur des hommes. *Le Mondain* est un hymne à la vie et aux plaisirs.

> Regrettera qui veut le bon vieux temps,
> Et l'âge d'or, et le règne d'Astrée,
> Et les beaux jours de Saturne et de Rhée,
> Et le jardin de nos premiers parents.
> Moi, je rends grâce à la nature sage,
> Qui pour mon bien m'a fait naître en cet âge,
> Tant décrié par nos pauvres docteurs.
> Ce temps profane est tout fait pour mes mœurs :
> J'aime le luxe et même la mollesse ;
> Tous les plaisirs, les arts de toute espèce,
> La propreté, le goût, les ornements.
> Tout honnête homme a de tels sentiments.
> Il est bien doux pour mon cœur très immonde
> De voir ici l'abondance à la ronde,
> Mère des arts, et des heureux travaux,
> Nous apporter de sa source féconde,
> Et des besoins et des plaisirs nouveaux.
> L'or de la terre et les trésors de l'onde,
> Leurs habitants et les peuples de l'air,
> Tout sert au luxe, aux plaisirs de ce monde.
> Ô le bon temps, que le siècle de fer !
> Le superflu, chose très nécessaire,
> A réuni l'un et l'autre hémisphère.
> Voyez-vous pas ces agiles vaisseaux,
> Qui, du Texel, de Londres, de Bordeaux,
> S'en vont chercher par un heureux échange,
> De nouveaux biens nés aux sources du Gange,
> Tandis qu'au loin, vainqueurs des musulmans,

Nos vins de France enivrent les sultans ?
Quand la nature était dans son enfance,
Nos bons aïeux vivaient dans l'ignorance,
Ne connaissant ni le tien, ni le mien :
Qu'auraient-ils pu connaître ? Ils n'avaient rien ;
Ils étaient nus, et c'est chose très claire,
Que qui n'a rien, n'a nul partage à faire.
Sobres étaient ; ah ! je le crois encor ;
Martialo n'est point du Siècle d'or.
D'un bon vin frais, ou la mousse, ou la sève,
Ne gratta point le triste gosier d'Ève.
La soie et l'or ne brillaient point chez eux ;
Admirez-vous pour cela nos aïeux ?
Il leur manquait l'industrie et l'aisance,
Est-ce vertu ? C'était pure ignorance.
Quel idiot, s'il avait eu pour lors
Quelque bon lit, aurait couché dehors ? [...]
Or maintenant monsieur du Télémaque,
Vantez-nous bien votre petite Ithaque,
Votre Salente et vos murs malheureux,
Où vos Crétois, tristement vertueux,
Pauvres d'effet, et riches d'abstinence,
Manquent de tout, pour avoir l'abondance.
J'admire fort votre style flatteur,
Et votre prose, encor qu'un peu traînante ;
Mais mon ami, je consens de grand cœur,
D'être fessé dans vos murs de Salente,
Si je vais là pour chercher mon bonheur.
Et vous, jardin de ce premier bonhomme,
Jardin fameux, par le diable, et la pomme ;
C'est bien en vain que, par l'orgueil séduits,
Huet, Calmet, dans leur savante audace,
Du paradis ont recherché la place :
Le paradis terrestre est où je suis.

Voltaire, *Le Mondain* [1736],
Centre international d'étude du XVIIIᵉ siècle, 2002.

Jean-Jacques Rousseau, *Les Rêveries du promeneur solitaire*

Les Rêveries du promeneur solitaire, dernière œuvre de Rousseau (1712-1778) tiennent à la fois de l'autobiographie et de la réflexion philosophique sur l'homme et la nature. Dans la cinquième promenade, Rousseau évoque son séjour sur l'île de Saint-Pierre, lieu de retraite idéal qui fut le cadre de ses rêveries. L'auteur y fait l'expérience du bonheur qu'il tente alors de définir.

Mais s'il est un état où l'âme trouve une assiette assez solide pour s'y reposer tout entière et rassembler là tout son être, sans avoir besoin de rappeler le passé ni d'enjamber sur l'avenir ; où le temps ne soit rien pour elle, où le présent dure toujours sans néanmoins marquer sa durée et sans aucune trace de succession, sans aucun autre sentiment de privation ni de jouissance, de plaisir ni de peine, de désir ni de crainte que celui seul de notre existence, et que ce sentiment seul puisse la remplir tout entière ; tant que cet état dure celui qui s'y trouve peut s'appeler heureux, non d'un bonheur imparfait, pauvre et relatif tel que celui qu'on trouve dans les plaisirs de la vie mais d'un bonheur suffisant, parfait et plein, qui ne laisse dans l'âme aucun vide qu'elle sente le besoin de remplir. Tel est l'état où je me suis trouvé souvent à l'île de Saint-Pierre dans mes rêveries solitaires, soit couché dans mon bateau que je laissais dériver au gré de l'eau, soit assis sur les rives du lac agité, soit ailleurs au bord d'une belle rivière ou d'un ruisseau murmurant sur le gravier.

De quoi jouit-on dans une pareille situation ? De rien d'extérieur à soi, de rien sinon de soi-même et de sa propre existence, tant que cet état dure on se suffit à soi-même comme Dieu. Le sentiment de l'existence dépouillé de toute autre affection est par lui-même un sentiment précieux de contentement et de paix qui suffirait seul pour rendre cette existence chère et douce à qui saurait écarter de soi toutes les impressions sensuelles et terrestres qui viennent sans cesse nous en distraire et en troubler ici-bas la douceur. Mais la plupart des hommes agités de passions continuelles connaissent peu cet état et ne l'ayant goûté qu'imparfaitement durant peu d'instants n'en conservent qu'une idée

obscure et confuse qui ne leur en fait pas sentir le charme. Il ne serait pas même bon dans la présente constitution des choses, qu'avides de ces douces extases ils s'y dégoûtassent de la vie active dont leurs besoins toujours renaissants leur prescrivent le devoir. Mais un infortuné qu'on a retranché de la société humaine et qui ne peut plus rien faire ici-bas d'utile et de bon pour autrui ni pour soi, peut trouver dans cet état à toutes les félicités humaines des dédommagements que la fortune et les hommes ne lui sauraient ôter.

Il est vrai que ces dédommagements ne peuvent être sentis par toutes les âmes ni dans toutes les situations. Il faut que le cœur soit en paix et qu'aucune passion n'en vienne troubler le calme. Il y faut des dispositions de la part de celui qui les éprouve, il en faut dans le concours des objets environnants. Il n'y faut ni un repos absolu ni trop d'agitation, mais un mouvement uniforme et modéré qui n'ait ni secousses ni intervalles. Sans mouvement la vie n'est qu'une léthargie. Si le mouvement est inégal ou trop fort il réveille ; en nous rappelant aux objets environnants, il détruit le charme de la rêverie, et nous arrache d'au-dedans de nous pour nous remettre à l'instant sous le joug de la fortune et des hommes et nous rendre au sentiment de nos malheurs. Un silence absolu porte à la tristesse. Il offre une image de la mort. Alors le secours d'une imagination riante est nécessaire et se présente assez naturellement à ceux que le ciel en a gratifiés. Le mouvement qui ne vient pas du dehors se fait alors au-dedans de nous. Le repos est moindre, il est vrai, mais il est aussi plus agréable quand de légères et douces idées sans agiter le fond de l'âme ne font pour ainsi dire qu'en effleurer la surface. Il n'en faut qu'assez pour se souvenir de soi-même en oubliant tous ses maux. Cette espèce de rêverie peut se goûter partout où l'on peut être tranquille, et j'ai souvent pensé qu'à la Bastille et même dans un cachot où nul objet n'eût frappé ma vue, j'aurais encore pu rêver agréablement.

Mais il faut avouer que cela se faisait bien mieux et plus agréablement dans une île fertile et solitaire, naturellement circonscrite et séparée du monde, où rien ne m'offrait que des images riantes, où rien ne me rappelait des souvenirs attristants, où la société du petit nombre d'habitants était liante et douce sans être intéressante au point de m'occuper incessamment, où je pouvais

enfin me livrer tout le jour sans obstacle et sans soins aux occupations de mon goût, ou à la plus molle oisiveté.

<div style="text-align: right">Jean-Jacques Rousseau, *Les Rêveries du promeneur solitaire* [posth. 1782], Gallimard, « Folio classique », 1972.</div>

Mme du Châtelet, *Discours sur le bonheur*

Dans cet essai intitulé *Discours sur le bonheur*, Émilie du Châtelet (1706-1749) évoque sa vie remplie de passions (la science, le jeu, l'amour, notamment celui qui l'unit à Voltaire) afin de répondre à la question qui hante le siècle des Lumières : à quelles conditions peut-on être heureux ?

Il faut commencer par se bien dire à soi-même et par se bien convaincre que nous n'avons rien à faire dans ce monde qu'à nous y procurer des sensations et des sentiments agréables. Les moralistes qui disent aux hommes : réprimez vos passions, et maîtrisez vos désirs, si vous voulez être heureux, ne connaissent pas le chemin du bonheur. On n'est heureux que par des goûts et des passions satisfaites ; je dis des goûts, parce qu'on n'est pas toujours assez heureux pour avoir des passions, et qu'à défaut des passions, il faut bien se contenter des goûts. Ce serait donc des passions qu'il faudrait demander à Dieu, si on osait lui demander quelque chose […].

Mais, me dira-t-on, les passions ne font-elles pas plus de malheureux que d'heureux. Je n'ai pas la balance nécessaire pour peser en général le bien et le mal qu'elles ont faits aux hommes ; mais il faut remarquer que les malheureux sont connus parce qu'ils ont besoin des autres, qu'ils aiment à raconter leurs malheurs, qu'ils y cherchent des remèdes et du soulagement. Les gens heureux ne cherchent rien, et ne vont point avertir les autres de leur bonheur ; les malheureux sont intéressants, les gens heureux sont inconnus. […]

On connaît donc bien plus l'amour par les malheurs qu'il cause que par le bonheur souvent obscur qu'il répand sur la vie des hommes. Mais supposons pour un moment que les passions fassent plus de malheureux que d'heureux, je dis qu'elles seraient

encore à désirer, parce que c'est la condition sans laquelle on ne peut avoir de grands plaisirs; or ce n'est la peine de vivre que pour avoir des sensations et des sentiments agréables; et plus les sentiments agréables sont vifs, plus on est heureux. Il est donc à désirer d'être susceptible de passions, et je le répète encore : n'en a pas qui veut.

<div style="text-align: right;">Mme du Châtelet, *Discours sur le bonheur* [1779], Rivages, « Petite bibliothèque », 1997.</div>

Écrire, critiquer, dénoncer

Montaigne, « Des Cannibales »

Montaigne (1533-1592) consacre les vingt dernières années de sa vie à la rédaction des *Essais*. Il expose au fil des pages ses goûts, ses défauts, les grands jalons de sa vie tout en formulant des observations sur son époque et sur la condition humaine. Mêlant autobiographie et réflexion philosophique, il crée une forme littéraire nouvelle. Dans le chapitre XXXI du livre I, intitulé « Des Cannibales », Montaigne compare les mœurs de l'Ancien Monde (l'Europe) à celles du Nouveau Monde (l'Amérique, découverte en 1492) pour relativiser la notion de barbarie et critiquer l'ethnocentrisme des Européens.

C'est chose émerveillable[1] que de la fermeté de leurs combats, qui ne finissent jamais que par meurtre et effusion de sang; car, de routes et d'effroi, ils ne savent que c'est. Chacun rapporte pour son trophée la tête de l'ennemi qu'il a tué, et l'attache à l'entrée de son logis. Après avoir longtemps bien traité leurs prisonniers, et de toutes les commodités dont ils se peuvent aviser, celui qui en est le maître, fait une grande assemblée de ses connaissances : il attache une corde à l'un des bras du prisonnier, par le bout de laquelle il le tient éloigné de quelques pas, de peur d'en être offensé, et donne au plus cher de ses amis l'autre bras à tenir de même : et eux deux en présence de toute l'assemblée l'assomment à coups d'épée. Cela fait ils le rôtissent, et en mangent en

1. **Émerveillable** : étonnante.

Écrire, critiquer, dénoncer

commun, et en envoient des lopins[1] à ceux de leurs amis, qui sont absents. Ce n'est pas comme on pense pour s'en nourrir, ainsi que faisaient anciennement les Scythes[2] : pour représenter une extrême vengeance. Et qu'il soit ainsi, ayant aperçu que les Portugais, qui s'étaient ralliés à leurs adversaires, usaient d'une autre sorte de mort contre eux, quand ils les prenaient, qui était de les enterrer jusques à la ceinture, et tirer au demeurant du corps force coups de trait, et les pendre après : ils pensèrent que ces gens ici de l'autre monde[3], comme[4] ceux qui avaient semé la connaissance de beaucoup de vices parmi leur voisinage, et qui étaient beaucoup plus grands maîtres qu'eux en toute sorte de malice[5], ne prenaient pas sans occasion[6] cette sorte de vengeance, et qu'elle devait être plus aigre que la leur, commencèrent de quitter leur façon ancienne pour suivre celle-ci. Je ne suis pas marri[7], que nous remarquons l'horreur barbaresque, qu'il y a en une telle action, mais oui bien de quoi jugeants bien de leurs fautes nous soyons si aveuglés aux nôtres. Je pense qu'il y a plus de barbarie à manger un homme vivant, qu'à le manger mort, à déchirer par tourments et par géhennes, un corps encore plein de sentiment, le faire rôtir par le menu, le faire mordre et meurtrir aux chiens, et aux pourceaux : comme nous l'avons, non seulement lu, mais vu de fraîche mémoire, non entre des ennemis anciens, mais entre des voisins et concitoyens, et qui pis est, sous prétexte de piété et de religion, que de le rôtir et manger après qu'il est trépassé. Chrysippus et Zenon, chefs de la secte stoïque[8], ont bien pensé qu'il n'y avait aucun mal de se servir de notre charogne[9] à quoi que ce fût, pour notre besoin, et d'en tirer de la nourriture ; comme nos ancêtres étant assiégés par Caesar[10] en la ville

1. **Lopins** : morceaux.
2. **Scythes** : peuples nomades des steppes eurasiennes (VIIe-IIIe siècle av. J.-C.).
3. **L'autre monde** : l'Europe.
4. **Comme** : en tant que.
5. **Malice** : méchanceté.
6. **Sans occasion** : sans raison.
7. **Marri** : chagriné.
8. **La secte stoïque** : l'école stoïcienne fondée par le philosophe Zénon (IVe-IIIe siècle av. J.-C.) qui prône l'absence de passion pour atteindre le bonheur.
9. **Charogne** : cadavre.
10. **Caesar** (101-44 av. J.-C.) : César, général et homme politique romain.

d'Alexia[1], se résolurent de soutenir la faim de ce siège par les corps des vieillards, des femmes et autres personnes inutiles au combat. [...]

Nous les pouvons donc bien appeler barbares, eu égard aux règles de la raison, mais non pas eu égard à nous, qui les surpassons en toute sorte de barbarie.

<div style="text-align: right;">Montaigne, *Essais* [1572-1592], Gallimard, « Folio classique », 2009.</div>

Molière, *Dom Juan*

Dans *Dom Juan*, Molière (1622-1673) met en scène un noble libertin qui défie la société et la morale et raille la religion. Son valet Sganarelle essaie de le convaincre de l'existence de Dieu au moyen de longs et vains raisonnements comiques. Au cours de l'acte III, la rencontre d'un ermite donne l'occasion à Dom Juan de tenter de subvertir ce croyant en l'obligeant à blasphémer. Cette scène, qui contient une critique explicite de la religion, est censurée dès la première représentation de la pièce et ne reparaît dans sa version intégrale qu'en 1841.

SGANARELLE. – Enseignez-nous un peu le chemin qui mène à la ville.

LE PAUVRE. – Vous n'avez qu'à suivre cette route, Messieurs, et détourner à main droite[2] quand vous serez au bout de la forêt. Mais je vous donne avis que vous devez vous tenir sur vos gardes, et que depuis quelque temps il y a des voleurs ici autour.

DOM JUAN. – Je te suis bien obligé, mon ami, et je te rends grâce de tout mon cœur.

LE PAUVRE. – Si vous vouliez, Monsieur, me secourir de quelque aumône ?

DOM JUAN. – Ah ! ah ! ton avis est intéressé, à ce que je vois.

LE PAUVRE. – Je suis un pauvre homme, Monsieur, retiré tout seul dans ce bois depuis dix ans, et je ne manquerai pas de prier le Ciel qu'il vous donne toute sorte de biens.

1. **Alexia** : ville d'Alésia.
2. **Détourner à main droite** : tourner à droite.

Dom Juan. – Eh! prie-le qu'il te donne un habit, sans te mettre en peine des affaires des autres.

Sganarelle. – Vous ne connaissez pas Monsieur, bonhomme; il ne croit qu'en deux et deux sont quatre et en quatre et quatre sont huit.

Dom Juan. – Quelle est ton occupation parmi ces arbres?

Le Pauvre. – De prier le Ciel tout le jour pour la prospérité des gens de bien qui me donnent quelque chose.

Dom Juan. – Il ne se peut donc pas que tu ne sois bien à ton aise?

Le Pauvre. – Hélas! Monsieur, je suis dans la plus grande nécessité[1] du monde.

Dom Juan. – Tu te moques: un homme qui prie le Ciel tout le jour ne peut pas manquer d'être bien dans ses affaires.

Le Pauvre. – Je vous assure, Monsieur, que le plus souvent je n'ai pas un morceau de pain à mettre sous les dents.

Dom Juan. – Voilà qui est étrange, et tu es bien mal reconnu de tes soins. Ah! ah! je m'en vais te donner un louis d'or tout à l'heure, pourvu que tu veuilles jurer[2].

Le Pauvre. – Ah! Monsieur, voudriez-vous que je commisse un tel péché?

Dom Juan. – Tu n'as qu'à voir si tu veux gagner un louis d'or ou non. En voici un que je te donne, si tu jures; tiens, il faut jurer.

Le Pauvre. – Monsieur!

Dom Juan. – À moins de cela, tu ne l'auras pas.

Sganarelle. – Va, va, jure un peu, il n'y a pas de mal.

Dom Juan. – Prends, le voilà; prends, te dis-je, mais jure donc.

Le Pauvre. – Non, Monsieur, j'aime mieux mourir de faim.

Dom Juan. – Va, va, je te le donne pour l'amour de l'humanité.

Molière, *Dom Juan ou le Festin de Pierre* [1665], Belin-Gallimard, « Classico », 2014.

1. **Nécessité** : misère.
2. **Jurer** : blasphémer, invoquer Dieu de manière sacrilège.

Jean de La Fontaine, « La cour du Lion »

Jean de La Fontaine (1621-1695) écrit les *Fables* entre 1668 et 1694. À travers de plaisants récits en vers, qui mettent en scène hommes, animaux et plantes, il dénonce les vices de la nature humaine et critique les travers de ses contemporains. En décrivant la cour du Lion, le fabuliste compose une féroce satire du comportement des courtisans à Versailles.

Sa Majesté Lionne un jour voulut connaître
De quelles nations le Ciel l'avait fait maître.
Il manda[1] donc par députés
Ses vassaux de toute nature,
Envoyant de tous les côtés
Une circulaire écriture,
Avec son sceau. L'écrit portait
Qu'un mois durant le Roi tiendrait
Cour plénière, dont l'ouverture
Devait être un fort grand festin,
Suivi des tours de Fagotin[2].
Par ce trait de magnificence
Le Prince à ses sujets étalait sa puissance.
En son Louvre il les invita.
Quel Louvre ! un vrai charnier, dont l'odeur se porta
D'abord au nez des gens. L'Ours boucha sa narine :
Il se fût bien passé de faire cette mine,
Sa grimace déplut. Le Monarque irrité
L'envoya chez Pluton[3] faire le dégoûté.
Le Singe approuva fort cette sévérité,
Et, flatteur excessif, il loua la colère,
Et la griffe du Prince, et l'antre, et cette odeur :
Il n'était ambre, il n'était fleur,
Qui ne fût ail au prix. Sa sotte flatterie
Eut un mauvais succès, et fut encor punie.
Ce Monseigneur du Lion-là

1. **Manda** : convoqua.
2. **Fagotin** : nom d'un singe savant célèbre au XVIIe siècle.
3. **Pluton** : dans la mythologie romaine, dieu des Enfers.

Fut parent de Caligula[1].
Le Renard étant proche : « Or çà, lui dit le Sire,
Que sens-tu ? dis-le moi : parle sans déguiser. »
L'autre aussitôt de s'excuser,
Alléguant un grand rhume : il ne pouvait que dire
Sans odorat ; bref il s'en tire.
Ceci vous sert d'enseignement.
Ne soyez à la Cour, si vous voulez y plaire,
Ni fade adulateur, ni parleur trop sincère ;
Et tâchez quelquefois de répondre en Normand.

Jean de La Fontaine, *Fables* [1678], GF-Flammarion, 2007.

Voltaire, *Dictionnaire philosophique*, art. « Torture »

Le *Dictionnaire philosophique*, publié en 1764, a été conçu par Voltaire (1694-1778) comme une machine de guerre alphabétique pour lutter contre le déchaînement du fanatisme et l'intolérance religieuse. On y trouve aussi des articles défendant la justice et le progrès. Dans l'article « Torture », le philosophe des Lumières dénonce cette pratique courante, cautionnée par l'Église au XVIIIe siècle.

Les Romains n'infligèrent la torture qu'aux esclaves, mais les esclaves n'étaient pas comptés pour des hommes. Il n'y a pas d'apparence[2] non plus qu'un conseiller de la Tournelle[3] regarde comme un de ses semblables un homme qu'on lui amène hâve[4], pâle, défait, les yeux mornes, la barbe longue et sale, couvert de la vermine dont il a été rongé dans un cachot. Il se donne le plaisir de l'appliquer à la grande et à la petite torture, en présence d'un chirurgien qui lui tâte le pouls, jusqu'à ce qu'il soit en danger de

1. Caligula (12-41 ap. J.-C.) : empereur romain sanguinaire qui faisait périr ceux qui pleuraient et ceux qui ne pleuraient pas.
2. Il n'y a pas d'apparence : il n'est pas vraisemblable.
3. La Tournelle : la Chambre criminelle du Parlement de Paris.
4. Hâve : maigre.

mort, après quoi on recommence ; et, comme dit très bien la comédie des *Plaideurs*[1] : « Cela fait toujours passer une heure ou deux. »

Le grave magistrat qui a acheté pour quelque argent[2] le droit de faire ces expériences sur son prochain va conter à dîner à sa femme ce qui s'est passé le matin. La première fois, madame en a été révoltée, à la seconde elle y a pris goût, parce qu'après tout les femmes sont curieuses ; et ensuite la première chose qu'elle lui dit lorsqu'il rentre en robe chez lui : « Mon petit cœur, n'avez-vous fait donner aujourd'hui la question[3] à personne ? »

Les Français, qui passent, je ne sais pourquoi, pour un peuple fort humain, s'étonnent que les Anglais, qui ont eu l'inhumanité de nous prendre tout le Canada, aient renoncé au plaisir de donner la question.

Lorsque le chevalier de La Barre[4], petit-fils d'un lieutenant général des armées, jeune homme de beaucoup d'esprit et d'une grande espérance, mais ayant toute l'étourderie d'une jeunesse effrénée, fut convaincu[5] d'avoir chanté des chansons impies, et même d'avoir passé devant une procession de capucins sans avoir ôté son chapeau, les juges d'Abbeville, gens comparables aux sénateurs romains, ordonnèrent, non seulement qu'on lui arrachât la langue, qu'on lui coupât la main, et qu'on brûlât son corps à petit feu ; mais ils l'appliquèrent encore à la torture pour savoir précisément combien de chansons il avait chantées, et combien de processions il avait vues passer, le chapeau sur la tête.

Ce n'est pas dans le XIIIe ou dans le XIVe siècle que cette aventure est arrivée, c'est dans le XVIIIe. Les nations étrangères jugent de la France par les spectacles, par les romans, par les jolis vers, par les filles d'Opéra, qui ont les mœurs fort douces, par nos danseurs d'Opéra, qui ont de la grâce, par Mlle Clairon[6], qui

1. *Les Plaideurs* : comédie (1668) de Racine (1639-1699).
2. Voltaire sous-entend que l'homme avait probablement acheté sa charge de magistrat.
3. Fait donner [...] la question : fait torturer.
4. Chevalier de La Barre : condamné pour blasphème, à la torture, à la décapitation et au bûcher, il est brûlé avec un exemplaire du *Dictionnaire philosophique* de Voltaire cloué sur le torse.
5. Convaincu : accusé.
6. Mlle Clairon (1723-1803) : comédienne française de grand renom au XVIIIe siècle.

déclame des vers à ravir. Elles ne savent pas qu'il n'y a point au fond de nation plus cruelle que la française.

Voltaire, *Dictionnaire philosophique* [1764], Gallimard, 1994.

Victor Hugo, Préface du *Dernier Jour d'un condamné*

Publié en 1829, *Le Dernier Jour d'un condamné* de Victor Hugo (1802-1885) est un virulent réquisitoire contre la peine de mort. Durant les derniers instants de sa vie, un homme consigne dans son journal ses pensées et impressions, son désespoir face à l'horreur de la guillotine. Les critiques trouvent l'œuvre peu convaincante lors de sa parution. Trois ans plus tard, Hugo rédige une préface pour une nouvelle édition dans laquelle il démontre que la peine capitale doit être abolie.

Ceux qui jugent et qui condamnent disent la peine de mort nécessaire. D'abord, – parce qu'il importe de retrancher de la communauté sociale un membre qui lui a déjà nui et qui pourrait lui nuire encore. – S'il ne s'agissait que de cela, la prison perpétuelle suffirait. À quoi bon la mort? Vous objectez qu'on peut s'échapper d'une prison? faites mieux votre ronde. Si vous ne croyez pas à la solidité des barreaux de fer, comment osez-vous avoir des ménageries[1]?

Pas de bourreau où le geôlier suffit.

Mais, reprend-on, – il faut que la société se venge, que la société punisse. – Ni l'un, ni l'autre. Se venger est de l'individu, punir est de Dieu.

La société est entre deux. Le châtiment est au-dessus d'elle, la vengeance au-dessous. Rien de si grand et de si petit ne lui sied. Elle ne doit pas « punir pour se venger »; elle doit *corriger pour améliorer*. Transformez de cette façon la formule des criminalistes, nous la comprenons et nous y adhérons.

Reste la troisième et dernière raison, la théorie de l'exemple. – Il faut faire des exemples! il faut épouvanter par le spectacle du sort réservé aux criminels ceux qui seraient tentés de les imiter!

1. **Ménageries** : établissements maintenant en captivité des animaux sauvages.

Voilà bien à peu près textuellement la phrase éternelle dont tous les réquisitoires des cinq cents parquets[1] de France ne sont que des variations plus ou moins sonores. Eh bien ! nous nions d'abord qu'il y ait exemple. Nous nions que le spectacle des supplices produise l'effet qu'on en attend. Loin d'édifier le peuple, il le démoralise, et ruine en lui toute sensibilité, partant toute vertu. Les preuves abondent, et encombreraient notre raisonnement si nous voulions en citer. Nous signalerons pourtant un fait entre mille, parce qu'il est le plus récent. Au moment où nous écrivons, il n'a que dix jours de date. Il est du 5 mars, dernier jour du carnaval. À Saint-Pol, immédiatement après l'exécution d'un incendiaire nommé Louis Camus, une troupe de masques est venue danser autour de l'échafaud encore fumant. Faites donc des exemples ! le mardi-gras vous rit au nez.

Victor Hugo, *Le Dernier Jour d'un condamné* [1832], Belin-Gallimard, « Classico », 2010.

Simone de Beauvoir, *Le Deuxième Sexe*

Dans *Le Deuxième Sexe*, essai philosophique écrit en 1949, Simone de Beauvoir (1908-1986) s'interroge sur la condition des femmes. Ce texte est devenu une référence dans la pensée féministe. Dans cet extrait, l'auteur rappelle que dans les cas classiques de domination, c'est la majorité qui impose sa loi à une minorité et la persécute. Comment expliquer que les femmes soient dominées par les hommes alors qu'elles ne constituent pas une minorité numérique ?

Les prolétaires ont fait la révolution en Russie[2], les Noirs à Haïti[3], les Indochinois se battent en Indochine[4] : l'action des femmes n'a jamais été qu'une agitation symbolique ; elles n'ont gagné que ce que les hommes ont bien voulu leur concéder ; elles

1. Parquets : magistrats du Ministère public chargés de l'application de la loi.
2. Allusion au renversement du régime tsariste et à la Révolution russe de 1917.
3. En 1804, Haïti devient la première République noire libre du monde après une révolte d'esclaves dans ce qui était la colonie française de Saint-Domingue.
4. Guerre d'Indochine (1946-1954), qui aboutit à la défaite française de Diên Biên Phu et à la décolonisation de l'Indochine.

n'ont rien pris : elles ont reçu. C'est qu'elles n'ont pas les moyens concrets de se rassembler en une unité qui se poserait en s'opposant. Elles n'ont pas de passé, d'histoire, de religion qui leur soit propre ; et elles n'ont pas comme les prolétaires une solidarité de travail et d'intérêts ; il n'y a pas même entre elles cette promiscuité spatiale[1] qui fait des Noirs d'Amérique, des Juifs des ghettos, des ouvriers de Saint-Denis ou des usines Renault une communauté. Elles vivent dispersées parmi les hommes, rattachées par l'habitat, le travail, les intérêts économiques, la condition sociale à certains hommes – père ou mari – plus étroitement qu'aux autres femmes. Bourgeoises elles sont solidaires des bourgeois et non des femmes prolétaires ; blanches des hommes blancs et non des femmes noires. Le prolétariat pourrait se proposer de massacrer la classe dirigeante ; un Juif, un Noir fanatiques pourraient rêver d'accaparer le secret de la bombe atomique et de faire une humanité tout entière juive, tout entière noire : même en songe la femme ne peut exterminer les mâles. Le lien qui l'unit à ses oppresseurs n'est comparable à aucun autre. La division des sexes est en effet un donné biologique, non un moment de l'histoire humaine. C'est au sein d'un *mitsein*[2] originel que leur opposition s'est dessinée et elle ne l'a pas brisé. Le couple est une unité fondamentale dont les deux moitiés sont rivées l'une à l'autre : aucun clivage de la société par sexes n'est possible. C'est là ce qui caractérise fondamentalement la femme : elle est l'Autre au cœur d'une totalité dont les deux termes sont nécessaires l'un à l'autre.

On pourrait imaginer que cette réciprocité eût facilité sa libération ; quand Hercule file la laine au pied d'Omphale[3], son désir l'enchaîne : pourquoi Omphale n'a-t-elle pas réussi à acquérir un durable pouvoir ? Pour se venger de Jason, Médée[4]

1. Promiscuité spatiale : proximité dans l'espace d'individus ayant des caractéristiques communes.
2. Mitsein : littéralement « être avec », en allemand. Concept élaboré par le philosophe Martin Heidegger (1889-1976) puis repris par les philosophes existentialistes comme Sartre, signifiant que l'être humain vit au sein d'une communauté de semblables, une société politique.
3. Omphale : dans la mythologie grecque, reine de Lydie dont Hercule devient l'esclave pour se purifier d'un meurtre.
4. Médée : dans la mythologie grecque, magicienne et fille du roi de Colchide. Trahie et abandonnée par son époux Jason, elle se venge en égorgeant ses enfants.

tue ses enfants : cette sauvage légende suggère que du lien qui l'attache à l'enfant la femme aurait pu tirer un ascendant redoutable. Aristophane[1] a imaginé plaisamment dans *Lysistrata* une assemblée de femmes où celles-ci eussent tenté d'exploiter en commun à des fins sociales le besoin que les hommes ont d'elles : mais ce n'est qu'une comédie. La légende qui prétend que les Sabines ravies ont opposé à leurs ravisseurs une stérilité obstinée, raconte aussi qu'en les frappant de lanières de cuir les hommes ont eu magiquement raison de leur résistance. Le besoin biologique – désir sexuel et désir d'une postérité – qui met le mâle sous la dépendance de la femelle n'a pas affranchi socialement la femme. Le maître et l'esclave aussi sont unis par un besoin économique réciproque qui ne libère pas l'esclave. C'est que dans le rapport du maître à l'esclave, le maître ne *pose* pas le besoin qu'il a de l'autre ; il détient le pouvoir de satisfaire ce besoin et ne le médiatise pas ; au contraire l'esclave dans la dépendance, espoir ou peur, intériorise le besoin qu'il a du maître ; l'urgence du besoin fût-elle égale en tous deux joue toujours en faveur de l'oppresseur contre l'opprimé : c'est ce qui explique que la libération de la classe ouvrière ait été si lente. Or la femme a toujours été, sinon l'esclave de l'homme, du moins sa vassale ; les deux sexes ne se sont jamais partagé le monde à égalité ; et aujourd'hui encore, bien que sa condition soit en train d'évoluer, la femme est lourdement handicapée. En presque aucun pays son statut légal n'est identique à celui de l'homme et souvent il la désavantage considérablement. Même lorsque des droits lui sont abstraitement reconnus, une longue habitude empêche qu'ils ne trouvent dans les mœurs leur expression concrète. [...] Au moment où les femmes commencent à prendre part à l'élaboration du monde, ce monde est encore un monde qui appartient aux hommes : ils n'en doutent pas, elles en doutent à peine.

Simone de Beauvoir, *Le Deuxième Sexe* [1949], Gallimard, « Folio », 2008.
© Gallimard.

1. **Aristophane** (vᵉ siècle av. J.-C.) : poète comique grec.

George Orwell, *1984*

1984 est un roman d'anticipation publié en 1949 par George Orwell (1903-1950). L'action se passe en Grande-Bretagne, province de l'Océania, une trentaine d'années après une guerre nucléaire. Un régime totalitaire s'est mis en place : la liberté d'expression n'existe plus, toutes les pensées sont minutieusement surveillées, et d'immenses affiches rappellent partout que « Big Brother vous regarde ». Winston Smith, habitant de Londres, est un employé du ministère de la Vérité ou « Miniver » en novlangue[1]. Son travail consiste à remanier les archives historiques afin de faire correspondre le passé à la version officielle du Parti. Toutefois, contrairement au reste de la population, Winston ne réussit pas à pratiquer cette amnésie sélective et il prend conscience que ses pensées ne sont pas conformes à la doctrine du Parti. Il est donc contraint de dissimuler ses opinions.

Derrière Winston, la voix du télécran[2] continuait à débiter des renseignements sur la fonte et sur le dépassement des prévisions pour le neuvième plan triennal. Le télécran recevait et transmettait simultanément. Il captait tous les sons émis par Winston au-dessus d'un chuchotement très bas. De plus, tant que Winston demeurait dans le champ de vision de la plaque de métal, il pouvait être vu aussi bien qu'entendu. Naturellement, il n'y avait pas moyen de savoir si, à un moment donné, on était surveillé. Combien de fois, et suivant quel plan, la Police de la Pensée se branchait-elle sur une ligne individuelle quelconque, personne ne pouvait le savoir. On pouvait même imaginer qu'elle surveillait tout le monde, constamment. Mais de toute façon, elle pouvait mettre une prise sur votre ligne chaque fois qu'elle le désirait. On devait vivre, on vivait, car l'habitude devient instinct, en admettant que tout son émis était entendu et que, sauf dans l'obscurité, tout mouvement était perçu.

Winston restait le dos tourné au télécran. Bien qu'un dos, il le savait, pût être révélateur, c'était plus prudent. À un kilomètre, le ministère de la Vérité, où il travaillait, s'élevait vaste et blanc

1. Novlangue : langue officielle de l'Océania.
2. Télécran : objet fictif inventé par Orwell. Il s'agit d'une télévision de propagande qui fait également office d'écran de vidéo-surveillance.

au-dessus du paysage sinistre. Voilà Londres, pensa-t-il avec une sorte de vague dégoût. Londres, capitale de la première région aérienne, la troisième, par le chiffre de sa population, des provinces de l'Océania. Il essaya d'extraire de sa mémoire quelque souvenir d'enfance qui lui indiquerait si Londres avait toujours été tout à fait comme il la voyait. Y avait-il toujours eu ces perspectives de maisons du XIXe siècle en ruine, ces murs étayés par des poutres, ce carton aux fenêtres pour remplacer les vitres, ces toits plâtrés de tôle ondulée, ces clôtures de jardin délabrées et penchées dans tous les sens? Y avait-il eu toujours ces emplacements bombardés où la poussière de plâtre tourbillonnait, où l'épilobe[1] grimpait sur des monceaux de décombres? Et ces endroits où les bombes avaient dégagé un espace plus large et où avaient jailli de sordides colonies d'habitacles en bois semblables à des cabanes à lapins? Mais c'était inutile, Winston n'arrivait pas à se souvenir. Rien ne lui restait de son enfance, hors une série de tableaux brillamment éclairés, sans arrière-plan et absolument inintelligibles.

Le ministère de la Vérité – Miniver, en novlangue – frappait par sa différence avec les objets environnants. C'était une gigantesque construction pyramidale de béton d'un blanc éclatant. Elle étageait ses terrasses jusqu'à trois cents mètres de hauteur. De son poste d'observation, Winston pouvait encore déchiffrer sur la façade l'inscription artistique des trois slogans du Parti.

<div style="text-align:center">
LA GUERRE C'EST LA PAIX

LA LIBERTÉ C'EST L'ESCLAVAGE

L'IGNORANCE C'EST LA FORCE
</div>

George Orwell, *1984* [1949], trad. de l'anglais par Amélie Audiberti, Gallimard, «Folio», 1972.
© Gallimard.

1. **Épilobe** : plante.

Questions sur les groupements de textes

■ La quête du bonheur au siècle des Lumières

1. Comparez les différentes conceptions du bonheur exprimées dans ces textes en indiquant les conditions évoquées par chacun des auteurs pour y accéder.

TICE 2. Rendez-vous sur **www.musagora.education.fr**, observez attentivement les tableaux qui se trouvent dans le dossier « L'âge d'or » et comparez-les avec les textes de ce groupement (notamment avec ceux de Montesquieu et de Voltaire). Puis, relevez les motifs picturaux qui peuvent indiquer que le mythe de l'âge d'or a inspiré la représentation du bonheur des auteurs du XVIIIe siècle.

■ Écrire, critiquer, dénoncer

1. Relevez les motifs d'indignation des auteurs de ce groupement et précisez quelle forme d'argumentation (directe ou indirecte) est mise en œuvre dans chacun des textes.

TICE 2. Rendez-vous sur **www.histoire-image.org** et cherchez des œuvres d'Eugène Delacroix et d'Otto Dix qui manifestent leur engagement. Expliquez le contexte historique dans lequel ces œuvres ont été créées, précisez quelles sont les causes défendues par les artistes et analysez leur technique pour y parvenir (composition de l'image, choix des couleurs).

Vers l'écrit du Bac

L'épreuve écrite du Bac de français s'appuie sur un corpus (ensemble de textes et de documents iconographiques). Le sujet se compose de deux parties : une ou deux questions portant sur le corpus puis trois travaux d'écriture au choix (commentaire, dissertation, écriture d'invention).

Sujet Dénoncer l'esclavage au XVIII[e] siècle

☛ **Genres et formes de l'argumentation : XVII[e] et XVIII[e] siècles**

Corpus	
Texte A	Montesquieu, *De l'esprit des lois*
Texte B	Chevalier de Jaucourt, *Encyclopédie*, art. « Traite des nègres »
Texte C	Voltaire, *Candide*
Texte D	Marivaux, *L'Île des esclaves*
Annexe	*Esclaves battus et maltraités en Guyane*, gravure, XVIII[e] siècle

Dénoncer l'esclavage au XVIIIe siècle

Texte A
Montesquieu, *De l'esprit des lois*, « De l'esclavage des nègres » (1748)

Au début du livre XV, Montesquieu prend clairement parti contre l'esclavage en disant : « l'esclavage n'est pas bon par sa nature ». Dans ce texte, cependant, il feint d'adopter le point de vue des esclavagistes et imagine leurs arguments.

Si j'avais à soutenir le droit que nous avons eu de rendre les nègres esclaves, voici ce que je dirais :

Les peuples d'Europe ayant exterminé ceux de l'Amérique, ils ont dû mettre en esclavage ceux de l'Afrique, pour s'en servir à défricher tant de terres.

Le sucre serait trop cher, si l'on ne faisait travailler la plante qui le produit par des esclaves.

Ceux dont il s'agit sont noirs depuis les pieds jusqu'à la tête ; et ils ont le nez si écrasé qu'il est presque impossible de les plaindre.

On ne peut se mettre dans l'esprit que Dieu, qui est un être très sage, ait mis une âme, surtout une âme bonne, dans un corps tout noir. [...]

On peut juger de la couleur de la peau par celle des cheveux, qui, chez les Egyptiens, les meilleurs philosophes du monde, étaient d'une si grande conséquence, qu'ils faisaient mourir tous les hommes roux qui leur tombaient entre les mains.

Une preuve que les nègres n'ont pas le sens commun, c'est qu'ils font plus de cas d'un collier de verre que de l'or, qui, chez des nations policées, est d'une si grande conséquence.

Il est impossible que nous supposions que ces gens-là soient des hommes ; parce que, si nous les supposions des hommes, on commencerait à croire que nous ne sommes pas nous-mêmes chrétiens.

De petits esprits exagèrent trop l'injustice que l'on fait aux Africains. Car, si elle était telle qu'ils le disent, ne serait-il pas venu dans la tête des princes d'Europe, qui font entre eux tant de conventions inutiles, d'en faire une générale en faveur de la miséricorde et de la pitié ?

Montesquieu, *De l'esprit des lois*, IIIe partie, livre XV, 5.

Texte B
Chevalier de Jaucourt, *Encyclopédie*, art. « Traite des nègres » (1766)

Si les articles de l'*Encyclopédie* sont l'occasion de classer les connaissances accessibles au XVIIIe siècle, conformément à l'esprit des Lumières, ils ont surtout vocation à provoquer une réflexion chez le lecteur et à dénoncer toutes formes d'injustices. Ce texte est extrait de l'article « Traite des nègres ».

TRAITE DES NÈGRES (*Commerce d'Afrique*). C'est l'achat des nègres que font les Européens sur les côtes d'Afrique, pour employer ces malheureux dans leurs colonies en qualité d'esclaves. Cet achat de nègres, pour les réduire en esclavage, est un négoce qui viole la religion, la morale, les lois naturelles, et tous les droits de la nature humaine.

Les nègres, dit un Anglais moderne, plein de lumières et d'humanité, ne sont point devenus esclaves par le droit de la guerre ; ils ne se dévouent pas non plus volontairement eux-mêmes à la servitude, et par conséquent leurs enfants ne naissent point esclaves. Personne n'ignore qu'on les achète de leurs princes, qui prétendent avoir droit de disposer de leur liberté, et que les négociants les font transporter de la même manière que leurs autres marchandises, soit dans leurs colonies, soit en Amérique où ils les exposent en vente.

Si un commerce de ce genre peut être justifié par un principe de morale, il n'y a point de crime, quelque atroce qu'il soit, qu'on ne puisse légitimer. Les rois, les princes, les magistrats ne sont point les propriétaires de leurs sujets, ils ne sont donc pas en droit de disposer de leur liberté et de les vendre pour esclaves.

D'un autre côté, aucun homme n'a droit de les acheter ou de s'en rendre le maître ; les hommes et leur liberté ne sont point un objet de commerce ; ils ne peuvent être ni vendus, ni achetés, ni payés à aucun prix. Il faut conclure de là qu'un homme dont l'esclave prend la fuite, ne doit s'en prendre qu'à lui-même, puisqu'il avait acquis à prix d'argent une marchandise illicite, et dont l'acquisition lui était interdite par toutes les lois de l'humanité et de l'équité.

Il n'y a donc pas un seul de ces infortunés que l'on prétend n'être que des esclaves, qui n'ait droit d'être déclaré libre, puisqu'il n'a jamais perdu la liberté ; qu'il ne pouvait pas la perdre ; et que son prince, son père, et qui que ce soit dans le monde n'avait le pouvoir d'en disposer ; par conséquent la vente qui en a été faite est nulle en elle-même ; ce nègre ne se dépouille jamais de son droit naturel ; il le porte partout avec lui, et il peut exiger partout qu'on l'en laisse jouir. C'est donc une inhumanité manifeste de la part des juges des pays libres où il est transporté, de ne pas l'affranchir à l'instant en le déclarant libre, puisque c'est leur semblable, ayant une âme comme eux.

On dira peut-être qu'elles seraient bientôt ruinées, ces colonies, si l'on y abolissait l'esclavage des nègres. Mais quand cela serait, faut-il conclure de là que le genre humain doit être horriblement lésé, pour nous enrichir ou fournir à notre luxe ? Il est vrai que les bourses des voleurs des grands chemins seraient vides, si le vol était absolument supprimé : mais les hommes ont-ils le droit de s'enrichir par des voies cruelles et criminelles ? Quel droit a un brigand de dévaliser les passants ? À qui est-il permis de devenir opulent, en rendant malheureux ses semblables ? Peut-il être légitime de dépouiller l'espèce humaine de ses droits les plus sacrés, uniquement pour satisfaire son avarice, sa vanité, ou ses passions particulières ? Non… Que les colonies européennes soient donc plutôt détruites, que de faire tant de malheureux !

Mais je crois qu'il est faux que la suppression de l'esclavage entraînerait leur ruine. Le commerce en souffrirait pendant quelque temps : je le veux, c'est là l'effet de tous les arrangements, parce qu'en ce cas on ne pourrait trouver sur-le-champ les moyens de suivre un autre système ; mais il résulterait de cette suppression beaucoup d'autres avantages.

C'est cette *traite des nègres*, c'est l'usage de la servitude qui a empêché l'Amérique de se peupler aussi promptement qu'elle l'aurait fait sans cela. Que l'on mette les nègres en liberté, et dans peu de générations ce pays vaste et fertile comptera des habitants sans nombre. Les arts, les talents y fleuriront ; et au lieu qu'il n'est presque peuplé que de sauvages et de bêtes féroces, il ne le sera bientôt que par des hommes industrieux. C'est la liberté, c'est l'industrie qui sont les sources réelles de l'abondance. Tant qu'un

peuple conservera cette industrie et cette liberté, il ne doit rien redouter. L'industrie, ainsi que le besoin, est ingénieuse et inventive ; elle trouve mille moyens différents de se procurer des richesses ; et si l'un des canaux de l'opulence se bouche, cent autres s'ouvrent à l'instant. Les âmes sensibles et généreuses applaudiront sans doute à ces raisons en faveur de l'humanité ; mais l'avarice et la cupidité qui dominent la terre, ne voudront jamais les entendre.

<div align="right">Chevalier de Jaucourt, *Encyclopédie*,
art. « Traite des nègres ».</div>

Texte C
Voltaire, *Candide* (1759)

Candide, accompagné de son valet Cacambo, arrive à Surinam où il fait la rencontre d'un esclave atrocement mutilé.

En approchant de la ville, ils rencontrèrent un nègre étendu par terre, n'ayant plus que la moitié de son habit, c'est-à-dire d'un caleçon de toile bleue ; il manquait à ce pauvre homme la jambe gauche et la main droite. « Eh ! mon Dieu ! lui dit Candide en hollandais, que fais-tu là, mon ami, dans l'état horrible où je te vois ?

– J'attends mon maître, M. Vanderdendur, le fameux négociant, répondit le nègre. – Est-ce M. Vanderdendur, dit Candide, qui t'a traité ainsi ? – Oui, monsieur, dit le nègre, c'est l'usage. On nous donne un caleçon de toile pour tout vêtement deux fois l'année. Quand nous travaillons aux sucreries, et que la meule nous attrape le doigt, on nous coupe la main ; quand nous voulons nous enfuir, on nous coupe la jambe : je me suis trouvé dans les deux cas. C'est à ce prix que vous mangez du sucre en Europe. Cependant, lorsque ma mère me vendit dix écus patagons sur la Côte de Guinée, elle me disait : « Mon cher enfant, bénis nos fétiches, adore-les toujours, ils te feront vivre heureux ; tu as l'honneur d'être esclave de nos seigneurs les blancs, et tu fais par là la fortune de ton père et de ta mère. » Hélas ! je ne sais pas si j'ai fait leur fortune, mais ils n'ont pas fait la mienne. Les chiens, les singes et les perroquets sont mille fois moins malheureux que

Dénoncer l'esclavage au XVIII[e] siècle

nous; les fétiches hollandais qui m'ont converti me disent tous les dimanches que nous sommes tous enfants d'Adam, blancs et noirs. Je ne suis pas généalogiste; mais si ces prêcheurs disent vrai, nous sommes tous cousins issus de germains. Or vous m'avouerez qu'on ne peut pas en user avec ses parents d'une manière plus horrible.

– Ô Pangloss! s'écria Candide, tu n'avais pas deviné cette abomination; c'en est fait, il faudra qu'à la fin je renonce à ton optimisme. – Qu'est-ce qu'optimisme? disait Cacambo. – Hélas! dit Candide, c'est la rage de soutenir que tout est bien quand on va mal». Et il versait des larmes en regardant son nègre; et en pleurant, il entra dans Surinam.

<div style="text-align:right">Voltaire, *Candide*, chapitre 19.</div>

Texte D
Marivaux, *L'Île des esclaves* (1725)

Iphicrate et son valet Arlequin ont fait naufrage sur une île fondée, il y a une centaine d'années, par des esclaves révoltés. Dans cette île, les maîtres deviennent valets et les valets deviennent maîtres.

Scène 1

IPHICRATE, *après avoir soupiré*. – Arlequin!

ARLEQUIN, *avec une bouteille de vin qu'il a à sa ceinture*. – Mon patron.

IPHICRATE. – Que deviendrons-nous dans cette île?

ARLEQUIN. – Nous deviendrons maigres, étiques, et puis morts de faim: voilà mon sentiment et notre histoire.

IPHICRATE. – Nous sommes seuls échappés du naufrage; tous nos amis ont péri, et j'envie maintenant leur sort.

ARLEQUIN. – Hélas! ils sont noyés dans la mer, et nous avons la même commodité.

IPHICRATE. – Dis-moi: quand notre vaisseau s'est brisé contre le rocher, quelques-uns des nôtres ont eu le temps de se jeter dans la chaloupe; il est vrai que les vagues l'ont enveloppée, je ne sais

ce qu'elle est devenue ; mais peut-être auront-ils eu le bonheur d'aborder en quelque endroit de l'île, et je suis d'avis que nous les cherchions.

ARLEQUIN. – Cherchons, il n'y a pas de mal à cela ; mais reposons-nous auparavant pour boire un petit coup d'eau-de-vie : j'ai sauvé ma pauvre bouteille, la voilà ; j'en boirai les deux tiers, comme de raison, et puis je vous donnerai le reste.

IPHICRATE. – Eh ! ne perdons point de temps, suis-moi, ne négligeons rien pour nous tirer d'ici. Si je ne me sauve, je suis perdu, je ne reverrai jamais Athènes, car nous sommes seuls dans l'île des Esclaves.

ARLEQUIN. – Oh ! Oh ! qu'est-ce que c'est que cette race-là ?

IPHICRATE. – Ce sont des esclaves de la Grèce révoltés contre leurs maîtres, et qui depuis cent ans sont venus s'établir dans une île, et je crois que c'est ici : tiens, voici sans doute quelques-unes de leurs cases ; et leur coutume, mon cher Arlequin, est de tuer tous les maîtres qu'ils rencontrent, ou de les jeter dans l'esclavage.

ARLEQUIN. – Eh ! chaque pays a sa coutume ; ils tuent les maîtres, à la bonne heure ; je l'ai entendu dire aussi, mais on dit qu'ils ne font rien aux esclaves comme moi.

IPHICRATE. – Cela est vrai.

ARLEQUIN. – Eh ! encore vit-on.

IPHICRATE. – Mais je suis en danger de perdre la liberté, et peut-être la vie : Arlequin, cela ne suffit-il pas pour me plaindre ?

ARLEQUIN, *prenant sa bouteille pour boire*. – Ah ! je vous plains de tout mon cœur, cela est juste.

IPHICRATE. – Suis-moi donc.

ARLEQUIN *siffle*. – Hu ! hu ! hu !

IPHICRATE. – Comment donc ! que veux-tu dire ?

ARLEQUIN, *distrait, chante*. – Tala ta lara.

IPHICRATE. – Parle donc, as-tu perdu l'esprit ? À quoi penses-tu ?

ARLEQUIN, *riant.* – Ah ! ah ! ah ! M. Iphicrate, la drôle d'aventure ! je vous plains, par ma foi, mais je ne saurais m'empêcher d'en rire.

IPHICRATE, *à part les premiers mots.* – Le coquin abuse de ma situation ; j'ai mal fait de lui dire où nous sommes. Arlequin, ta gaieté ne vient pas à propos ; marchons de ce côté.

ARLEQUIN. – J'ai les jambes si engourdies !…

IPHICRATE. – Avançons, je t'en prie.

ARLEQUIN. – Je t'en prie, je t'en prie ; comme vous êtes civil et poli ; c'est l'air du pays qui fait cela.

IPHICRATE. – Allons, hâtons-nous, faisons seulement une demi-lieue sur la côte pour chercher notre chaloupe, que nous trouverons peut-être avec une partie de nos gens ; et, en ce cas-là, nous nous rembarquerons avec eux.

ARLEQUIN, *en badinant.* – Badin ! comme vous tournez cela ! (*Il chante*).
> L'embarquement est divin
> Quand on vogue, vogue, vogue ;
> L'embarquement est divin
> Quand on vogue avec Catin.

IPHICRATE, *retenant sa colère.* – Mais je ne te comprends point, mon cher Arlequin.

ARLEQUIN. – Mon cher patron, vos compliments me charment ; vous avez coutume de m'en faire à coups de gourdin qui ne valent pas ceux-là ; et le gourdin est dans la chaloupe.

IPHICRATE. – Eh ! ne sais-tu pas que je t'aime ?

ARLEQUIN. – Oui ; mais les marques de votre amitié tombent toujours sur mes épaules, et cela est mal placé. Ainsi, tenez, pour ce qui est de nos gens, que le ciel les bénisse ! s'ils sont morts, en voilà pour longtemps ; s'ils sont en vie, cela se passera, et je m'en goberge.

IPHICRATE, *un peu ému.* – Mais j'ai besoin d'eux, moi.

Arlequin, *indifféremment*. – Oh! cela se peut bien, chacun a ses affaires: que je ne vous dérange pas!

Iphicrate. – Esclave insolent!

Arlequin, *riant*. – Ah! ah! vous parlez la langue d'Athènes; mauvais jargon que je n'entends plus.

Iphicrate. – Méconnais-tu ton maître, et n'es-tu plus mon esclave?

Arlequin, *se reculant d'un air sérieux*. – Je l'ai été, je le confesse à ta honte; mais va, je te le pardonne: les hommes ne valent rien. Dans le pays d'Athènes j'étais ton esclave, tu me traitais comme un pauvre animal, et tu disais que cela était juste, parce que tu étais le plus fort. Eh bien! Iphicrate, tu vas trouver ici plus fort que toi; on va te faire esclave à ton tour; on te dira aussi que cela est juste, et nous verrons ce que tu penseras de cette justice-là; tu m'en diras ton sentiment, je t'attends là. Quand tu auras souffert, tu seras plus raisonnable; tu sauras mieux ce qu'il est permis de faire souffrir aux autres. Tout en irait mieux dans le monde, si ceux qui te ressemblent recevaient la même leçon que toi. Adieu, mon ami, je vais trouver mes camarades et tes maîtres.

Il s'éloigne.

Iphicrate, *au désespoir, courant après lui, l'épée à la main*. – Juste ciel! peut-on être plus malheureux et plus outragé que je le suis? Misérable! tu ne mérites pas de vivre.

Arlequin. – Doucement; tes forces sont bien diminuées, car je ne t'obéis plus, prends-y garde.

Marivaux, *L'Île des esclaves*, scène 1.

Annexe
Esclaves battus et maltraités en Guyane, gravure, XVIIIe siècle

➡ Image reproduite en fin d'ouvrage, au verso de la couverture.

Dénoncer l'esclavage au XVIII[e] siècle

■ *Questions sur le corpus*

1. Précisez la spécificité des textes du corpus (genre, tonalité, procédés retenus pour dénoncer l'esclavage) et indiquez pour chacun d'eux si l'argumentation développée est directe ou indirecte.

2. Présentez une synthèse rapide des arguments développés contre l'esclavage dans les différents documents du corpus.

■ *Travaux d'écriture*

Commentaire

Vous ferez le commentaire du texte de Marivaux, *L'Île des esclaves* (texte D).

Dissertation

Est-il plus efficace de défendre une cause ou de dénoncer une injustice à travers une fiction ou à travers une argumentation ?

Vous répondrez à cette question en prenant appui sur le corpus proposé (textes et annexe), sur les textes que vous avez étudiés en classe, sur vos lectures personnelles et sur les films que vous avez pu voir.

Écriture d'invention

« Si j'avais à soutenir... ». À la manière de Montesquieu, vous dénoncez un scandale du monde contemporain en imaginant les arguments de vos adversaires. Votre texte commencera par la formule initiale du texte de Montesquieu.

Fenêtres sur...

Des ouvrages à lire

Ouvrages de Voltaire
- Voltaire, *Zadig ou la Destinée* [1748], Belin-Gallimard, «Classico», 2010.
- Voltaire, *Dictionnaire philosophique* [1764], Gallimard, «Folio classique», 1994.
- Voltaire, *L'Ingénu* [1767], Belin-Gallimard, «Classico», 2011.

Ouvrages sur Voltaire
- Jean Goldzink, *Voltaire, la légende de saint Arouet*, Gallimard, «Découvertes Gallimard», 1989.
- John Gray, *Voltaire et les Lumières*, Le Seuil, «Points», 2000.

D'autres ouvrages du siècle des Lumières
- Montesquieu, *Lettres persanes* [1721], Belin-Gallimard, «Classico», 2013.
- Marivaux, *L'Île des esclaves* [1725], Belin-Gallimard, «Classico», 2010.
- Jean-Jacques Rousseau, *Julie ou la Nouvelle Héloïse* [1757], GF-Flammarion, 1999.
- Denis Diderot, *Supplément au Voyage de Bougainville* [1773], Belin-Gallimard, «Classico», 2011.

Fenêtres sur...

🎬 Un film et une adaptation musicale à voir

(Les œuvres citées ci-dessous sont disponibles en DVD.)

- *Candide ou l'Optimisme au XXe siècle*, Norbert Carbonnaux, avec Jean-Pierre Cassel et Pierre Brasseur, noir et blanc, 1960.
- *Candide*, comédie musicale de Léonard Bersnstein [1956], avec Jerry Hadley et June Andersson, concert au Barbican Center, Londres, 1989.

@ Des sites Internet à consulter

Une exposition à la New York Library sur *Candide*
- http://candide.nypl.org

Une adaptation de *Candide* pour la télévision
- http://www.ina.fr/video/CPF86618754/candide-ou-l-optimisme.fr.html

Sur le XVIIIe siècle
- http://expositions.bnf.fr/lumieres

Sur la peinture du siècle des Lumières
- http://www.culture.gouv.fr/lumiere/documents/musee_virtuel.html

Glossaire

Antiphrase: figure de style relevant de l'ironie, qui consiste à dire l'inverse de ce que l'on veut faire comprendre.

Apologue: récit allégorique, en vers ou en prose, dont le lecteur peut tirer une leçon. C'est une œuvre didactique (fable, conte, utopie). La morale peut être explicite ou implicite.

Argumenter: soutenir une opinion dans le but d'obtenir l'adhésion de l'interlocuteur ou du lecteur.

Burlesque: traitement de sujets sérieux en termes triviaux.

Caricature: présentation négative d'une personne, d'un groupe de personnes ou d'une idée, qui en exagère les traits caractéristiques.

Conte philosophique: genre apparu au XVIII[e] siècle, dont Voltaire est le principal représentant. Conte composé d'un récit fictif traditionnel et plaisant et d'une leçon morale ou philosophique (explicite ou implicite).

Convaincre: obtenir l'adhésion de son interlocuteur par la raison, en sollicitant ses facultés d'analyse intellectuelle.

Didactique: qui a pour but d'instruire, d'exposer un savoir.

Éponyme: dont le nom se confond avec le titre (ex: *Candide*).

Explicite: formulé clairement, sans équivoque.

Glossaire

Humour noir : humour qui mêle la fantaisie et le tragique de façon décalée et inattendue.

Hyperbole : figure de style qui consiste à grossir, agrandir, exagérer un fait, un portrait, une action.

Implicite : sous-entendu, non formulé clairement.

Incipit : première phrase, et par extension, première page d'une œuvre littéraire.

Ironie : procédé qui consiste à dire l'inverse de ce que l'on veut faire comprendre. L'ironie vise à critiquer ou à dénoncer des personnes ou des idées par les procédés de la litote, la périphrase, l'antithèse et l'antiphrase.

Pamphlet : écrit court et satirique qui souhaite s'attaquer à un personnage ou à une institution.

Parodie : texte qui, à des fins satiriques ou comiques, imite en la tournant en ridicule, une partie ou la totalité d'une œuvre sérieuse connue.

Persuader : obtenir l'adhésion de son interlocuteur en faisant appel à sa sensibilité, à ses sentiments et en suscitant chez lui des émotions.

Picaresque : genre de roman d'origine espagnole dont le héros est un jeune aventurier naïf jeté dans la périlleuse aventure de la vie et soumis à de multiples épreuves.

Satire : critique visant à se moquer de la société ou d'un personnage.

Utopie : construction imaginaire qui peint une société idéale où tous les individus seraient heureux.

CLASSICO**LYCÉE**

Des poèmes et des rêves (anthologie) (105)
Guillaume Apollinaire – *Alcools* (25)
Honoré de Balzac – *Le Père Goriot* (99)
Charles Baudelaire – *Les Fleurs du mal* (21)
Beaumarchais – *Le Mariage de Figaro* (65)
Albert Camus – *La Peste* (90)
Marguerite Duras – *Un barrage contre le Pacifique* (67)
Paul Éluard – *Capitale de la douleur* (91)
Élisabeth Filhol – *La Centrale* (112)
Francis Scott Fitzgerald – *Gatsby le magnifique* (104)
Gustave Flaubert – *Madame Bovary* (89)
Jean Genet – *Les Bonnes* (45)
Eugène Ionesco – *La Cantatrice chauve* (20)
Marivaux – *Le Jeu de l'amour et du hasard* (55)
Guy de Maupassant – *Bel-Ami* (27)
Molière – *Dom Juan* (26)
Molière – *L'École des femmes* (102)
Montesquieu – *Lettres persanes* (103)
Alfred de Musset – *Lorenzaccio* (111)
George Orwell – *La Ferme des animaux* (106)
Pierre Péju – *La Petite Chartreuse* (92)
Francis Ponge – *Le Parti pris des choses* (72)
Abbé Prévost – *Manon Lescaut* (23)
Racine – *Britannicus* (108)
Racine – *Phèdre* (39)
Arthur Rimbaud – *Œuvres poétiques* (68)
Paul Verlaine – *Poèmes saturniens* et *Fêtes galantes* (101)
Voltaire – *Candide* (18)
Émile Zola – *Thérèse Raquin* (107)

Pour obtenir plus d'informations, bénéficier d'offres spéciales enseignants ou nous communiquer vos attentes, renseignez-vous sur **www.collection-classico.com** ou envoyez un courriel à **contact.classico@editions-belin.fr**

Cet ouvrage a été composé par Palimpseste à Paris.

Imprimé en Espagne par Novoprint (Barcelone)
Dépôt légal : juin 2011 – N° d'édition : 70115970-04/juillet14